거울 속에서

예술가시선 18

거울 속에서

초판 1쇄 발행 2019년 2월 22일

저　자　신승철
발행인　한영예
편　집　지 금
디자인　이길한
펴낸곳　예술가

주　　소　서울특별시 송파구 문정로 13길 15-17, 201호
등　록　제2014-000085호
전　화　010-3268-3327
팩　스　031-399-3327
전자우편　kuenstler1@naver.com

ⓒ 신승철, 2019
ISBN 979-11-87081-12-8 03810

이 도서의 국립중앙도서관 출판예정도서목록(CIP)은 서지정보유통지원시스템 홈페이지
(http://seoji.nl.go.kr)와 국가자료공동목록시스템(http://www.nl.go.kr/kolisnet)에서 이용하실
수 있습니다. (CIP제어번호 : CIP2019002271)

거울 속에서

신승철 연작 장시집

2019

연작 장시 연재지

『예술가』 2018년 봄호~2018년 겨울호

詩人의 말

그를 찾아갔다. 대낮에 / 용기를 내어// 그러나 그 앞에서 침묵, / 견디기 어려웠다. // 그에게, 그럴듯한 (어울릴 법한) / 가면 씌워버렸다. 나를 안심시키려// 그러나 가면을 씌운 뒤/ 이상하게도/ 모든 게 하찮아만 보였다.// 웃긴다… 이 놈, / 이런 짓, 남몰래 짓고는// 아무 일 없다는 듯/ 아무 일 없다는 듯// 세계의 중심에서/ 점잖게/ 시침 떼고 있는 이 놈,

三三九 신승철

거울 속에서

차례

제1부

거울 속에서

거울 속에서 1

> 나무토막을 쪼개 보라. 내가 그곳에 있다.
> 돌을 들추어 보라. 그러면 그곳에서 너희는
> 나를 발견할 것이다.
>
> ─『도마복음』

> 형상이 있는 것은 다 허망하다. 그러므로
> 모든 형상을 형상 아닌 것으로 본다면 여래
> 를 보는 것이다.
>
> ─『금강경』

거울 속의 나를 찬찬히 들여다본다.
이 허공 속
오래전부터 메아리처럼 살아져온 나

깨끗함도 더러움도 모르고
중심도 없는
훤히 트인 거울 속

참으로 그럴듯해 보이는 내가
오랜만에 나를 만나
다시 나를 알아보려는 몸짓이다.

여전히 이 땅위에 있는 한 생명체인가.
이 물건은
어렴풋이 예전의 그인가.

아마 이것은 아득히 먼 은하를 표류하던
어느 희미한 별

이곳에 도달한 빛은
이미 수억 년 전에 발했던 일

너는 영원 속에서
희미해졌다가 깜빡거리다가

어느 고혼孤魂의 홀림으로
이렇게 나타나게 된 것인가.

기이하고 오묘한 일이다.
면전에 내가 이렇게
현존하고 있다는 사실이

모든 사물을
이 마음으로 포섭하고 있다는 사실이

그러나 바람도 없는
텅 빈 거울 속에서
나는 순간 몸의 길을 잃고 말았다.

나도 모르는 새 말이 잃어지고
얇아진 감각질만이 허물처럼 남아있는
나는, 내 속은 너무도 많이 녹이 슬었다.

이건 어떤 설움의 문제가 아니다
미세한 아픔의 문제도 아니다

이루지 못한 일로 나를 좌절시킨
붉은 절망을 말함도 아니다

살의 허무에 대해
조용히 한탄하고 있다는 말도 아니다

거울 속에서
핏기없는 두 눈은

망망한 거울 속의
이 형상을 의식하려다
점차 우둔해지고 초점마저 흐려져

세계와 나의 경계에 대한
아니, 그 유무有無에 대한
파악조차 하기가 어려워졌다.

; 당장엔 생각이란 것도 사실로 있을 법하지가 않다.
- 〈사실〉은 〈사실〉그 자체로 있다고 볼 수가 있나?
사물은 사물 그 자체로 있다고 말할 수가 있나?

거울 속에 비친
이 허상을 꾸준히 응시하나
나는 나에 대해 아무런 감응을 느끼지 못하고 있다.

내가 없는 밖의 사물들은 어둠에 젖어
나는 그 〈있음〉에 대해서도 결코 깨달을 수가 없다.

조금 전까지만 해도, 면전의 사물들은
곧장 내 안으로 들어와
나와 함께 숨을 쉬고 있는 듯도 했다.

사물들은 내안에서 나름의 지문을 찍어
말없이 제 〈있음〉을 호소도 했다.

나는 사물의 지문을 몸으로 알고 있다.
차갑고 뜨거운 것을, 무르고 딱딱한 것을
마르고 습한 것을, 거칠거나 부드러운 것을

또 움직이거나 멈춤, 눕거나 앉음,
혼자이거나 함께 있음에 대해서도

내 안에 들어온 사물들,
서로 그 겉모양은 다르지만
하나의 화면 위에서
무심無心도 아닌 나의 무심 속에서
많은 이야기들을 지어냈다.

내 전생의 수많은 삶도,
모양은 모두 엇비슷했다.

그러나 내가 드넓은 호수가 되어
밤의 깊은 휴식을 취할 적엔

사물들은 있는 듯 없는 듯
먼 별빛처럼 깜빡거렸다.

내 기억에 아무도 없는
가을빛이거나 마른풀로 남아있는 듯도 했다.

그리고 언제부턴가?
나는 머리 둘 곳이 없음에

내 몸 이면의
무無를 사유하게 되면서부터

이 몸과 저 몸 간엔
아무런 차이도 없다는 앎이 들어섰다.

사물은 비록 나로부터 비롯된 사물이긴 하나
처음부터 내가 이들과 가까웠던 것은 아니었다.

하나 같이 물음만을 던지고
- 끝도 없이 말놀음이나 되풀이하면서
분열을 앓고 있는 이 세계에 대한
환멸로 나는 철저히 버림을 받았다.
나는 항상 불투명한 몸이었다.

- 불가불, 순수에 얼어붙어 있던 나는,
사람을 만나면
각설탕처럼 쉽게 부수어지거나 녹아버려
나는 아예 무색한 존재에 가까웠다.

몸은 기계인간처럼 부지런히 놀리긴 했으나
여러 방편이나 지혜가 매우 부족해

멀리서는 사랑을 원하면서도
가까이서는 사랑을 두려워했던 까닭도 있다.

그러나 어느 때 우연히 나는
이 세계를 완전히 떠난
한차례의 황홀한 체험을 겪은 뒤

나를 누르던 죄의 공空함을,
몸의 공함을 깨닫게 되었다.

나는 보잘 것 없는 물질적 존재였으나
빛의 감응을 받기도 한 자라는 기분이
내내 몸에서 떠나지 않았다.

; 하나하나의 사물은 내가 보는 순간
이미 결정된 것들이어서 파괴는 불가능했다.
사물의 소유도 불가능했다. 내 몸도 실은 무소유였다.

하지만 이 몸으로는 생전에 풀어야 할 숙제가 있다고
- 아마 더 풀어야 할 용서의 문제가 남아있다고
내안에서 조용히 떨려오는 음성을 나는 들은 적이 있다.
분명 내가 겪은 병病은 내 업보요
천복天福이기도 했다.

죽음으로 떠돌던 나를 뒤에 남겨둔 채
홀로 들판에 나가면, 나는 들이어서
이름도 없는 수많은 바람들이 나를 반기며 찾아왔다.

　　모서리를 힘차게 소리치는 개울물은
　　다른 개울물과 합치며 먼 길을 즐겁게 떠났다.

　　새들은 허공의 내 몸을 뚫고는
　　자취도 없이 하늘 속으로 사라졌다.

또 내가 술에 만취가 되면, 세계도 만취됐으며
내가 뭐라 지껄여댔어도
내가 지껄여댔다는 생각이 들지 않아

나는 각별히 어떤 혼미를 겪진 않았다.
무심코 부는 바람 속에서 온몸을 떨며
가녀린 빛을 뿌리는 나뭇잎들을 바라보면
나는 아무데서도 나를 찾을 수 없었다.

바라보는 눈동자가 있기에, 나는 한사코 무無는 아니었지만
정처가 없는 몸이었기에, 나는 유有라고 말하기도 어려웠다.

무의미한 내 고독 너머의
가없는 그 마음을 생각하면

내 몸은 너무도 작게 보여
이 지구에서는
보일 듯 말듯 까마득한 존재였다.

가까이서나 멀리서 나를 둘러싼
각종의 식물이나 동물들

여러 몸짓의 인간들, 여러 맛의 음식이거나
여러 종류의 살림살이들

또 여러 빛깔의 감각이거나 이미지들
곧 나로 말미암아 생긴 일체의 사물들은

어느 날 내 마음속에서
한꺼번에 차별 없는 평등을 얻어

나는 한동안 유심唯心의 즐거움을 누렸다.
삶에 대한 나의 방정식은 아주 간명했다.

가없는 이 사랑엔
어떤 말이나 행동이 필요 없는 일이었으니까.

; 가령, 내 마음의 골짜기에 봄이 와
내가 그곳에 이르면
마치 나를 의식이라도 하듯
꽃들은 경이롭게 피어나기도 했던 것이니까.

사랑이란 버리거나 얻는 일이 아니듯이
사랑이란 닦아 얻는 일도 아니듯이

없는 마음을 붙들고 그 마음을 닦는다며,
하는 일 없이 시간을 갉아먹는 일은
분명 전도顚倒에서 나온 일이었다.

소중한 나의 침묵과

조상으로부터 물려받은 소박한 정서만으로도
세상은 충분히 누릴 만한 삶이었다.

내겐 값어치가 있을 만한 물건도 없지만
내 영혼은 너무도 가벼워

나는 문장도 숫자도 아니었으므로
앞으로 나가거나 뒤로 물러설 일도 없었다.

여러 말, 여러 형상으로 나를 덧칠하는 일은
무용無用한 일이었다.
다른 존재와 덧셈이나 뺄셈을 하는 일 따위도
내겐 무용한 일이었다.

그러나 나는 아무런 이익이 없는데도
다른 존재들과 이따금씩 자리 바꾸길 즐겨 했다.

  ; 저녁노을에 새들을 목욕시키고
   밤엔 부엉이의 지혜를 빌리기도 했던 일

  기다란 해안선을 따라 핀 붉은 동백꽃이 되어
   세상의 외로움들을 한동안 조복調伏시켰던 일

나는 밤 내 파도처럼 낮게 엎드려
떠나지 못하는 그의 사랑을 대신 오래 울기도 했다.

어느 땐 몹쓸 애정영화의 주인공이 되어
아름다운 여인과 뜻 깊은 사랑을 나누고
그 여인을 미래의 하늘로 떠나보내 주었던 일.

나는 말기 암으로 죽어가는 나를 보고
슬퍼하며, 연민해 하던 내 가족을 향해
외려 내가 그들을 보듬어주기도 했다.

지난여름엔 바닷속에 들어가 푸른 해초가 되어
서슬 푸른 햇빛을 등에 업고 유쾌하게
또래의 해초들과 함께 밸리 댄스를 췄던 일

팍팍한 날이면, 구름들을 불러
비가 되어 땅으로 내려갔다.

나는 힘들이지 않고 여름 내내
온갖 농작물을 푹푹 키워냈다.

; 몽상은 내 천부天賦의 권리였다. 혼자 있을 때면,
나는 혜안慧眼으로 오랫동안 내 속에 갇혀있던 사물의

내밀한 통로를 뚫고 들어가
그 사물을 나로부터 해방시키려 했다.

- 몸 안은 비어있으므로
몸 안으로 손쉽게 들어가 싱싱한 적혈구가 되어
나는 거리낌 없이 사방을 쏘다니며
의미 없는 세포마다에
생기를 불어넣어 주곤 했다.

구태여 들판에 핀 꽃을 보려고 나서지 않아도
나는 꽃밭을 내 안에 들여놓고 가꿀 수 있었다.

가끔 커다란 고요의 바닷속으로
나라고 하는 이 쇳덩이를
소리도 없이 침몰시키게 되면

나는 나를 잊는 말할 수 없는 즐거움에 빠져
타인들의 아픔은 물론 나의 무릎 관절통까지
일절 잊을 수가 있었다.
어느 순간, 나는 부동不動이어서
사람들의 오고감마저 알아챌 수가 없었다.

; 누군가 소란을 피우며 부지런히 오가도

나는 거기에 없었다. - 사실 내가 아주 없진 않았다.
나는 거기서 잠시 일체를 쉬게 했던 것이니까.

그 환하고 텅 빈 고요 속에 머물며
이 삶은 스스로 다스려지고 있었다.

; 너로부터 나를 고립시킨 채
시를 쓴다든지, 장황하게 무슨 노래를 한다든지
보이지도 않는 내가 있다는, 강퍅한 주장을 한다고
해서 이뤄질 수 있는 일은 하나도 없으려니와

　　내 안과 밖은
　　따로 노는 일도 아니어서

　　세계는, 결국
　　나를 어떻게 굴리느냐에 달린 일이라.

무엇보다, 신비로운 것은
내가 부재不在한 가운데

세계가 내 안에 들어서게 되었다는
은연한 사실이다.

나는 아무 때고
환幻이었고 몽夢이었기에
내게 가능하지 못할 일은 없었다.

살과 뼈 무더기뿐인 내게
다른 무슨 허물이 있겠는가.

무학無學의 나는,
사실 자유 그 자체였다.

존재하는 것은 물론
존재하지 않는 것까지 내가 닿지 않는 것은
하나도 없는 나는 실로 광대한 삶이었다.

모두는 다 속이 비어있음에
모두는 이름으로나
헛되게 돌아갈 뿐인 것을.

나는 일체의 질문을 닫아버리고
두 눈을 감은 채

내 안에 펼쳐진 이 가상의 세계를
몇 번이고 밀밀히 응시하고 있다.

달빛은 쉼 없이 찰랑대는 얕은 물가를 떠나지 않고
그 자유의 내밀한 공간을 조용히 살피고 있는 중이다.

이 달빛은 슬그머니 바다 밑바닥까지 내려가
물고기들의 무상한 공덕을 노래하고 있는 듯도 하다.

입을 다문 채,
나에게 조용히 타이르듯 나는 말한다.

모든 분별로부터
나는 스스로 내려지게 될 거라고

내 어깨 위에 있던 수고로운 짐도
나와 무관하게 스스로 내려질 거라고.

거울 속에서 2

우리가 얻으려 애쓰는 것, 그것은 얼마나 하찮은가.
우리를 손아귀에 쥐려 하는 존재, 그것은 얼마나 위대
한가; 그러므로 우리 모두 사물들처럼 거대한 폭풍에
휩쓸리도록 두면 폭넓고 이름 없는 존재가 되리라.

　　　　　　　　　　—R. M. 릴케의 시, 「바라보는 사람」 일부

거울 속에 비친 이 형상
내가 만든 상像임이 틀림이 없는데

…내가 보이지 않는다.
숨을 곳도 없는 내가

매끈한 이 어둠, 살의 절벽에 막혀
세계로부터 버림을 받은 것만 같다.

거울 밖에서 들리던 사람 말소리
눈 깜빡할 사이에 다 끊어지고

삼라만상도
거울 속 저 먼 곳으로 들어가
자취를 감춘 듯하다.

: 그러지 않아도, 너는 늘 이방인異邦人이었다.
수많은 이방인들 가운데
단지 하나의 이름으로나 불리는

그러나 차가운 밥그릇에 피어난 허연 곰팡이처럼
소리 없이 태어나 제 몰락조차 알지 못하는 자가
이름이 있다 한들 무슨 의미가 있나.

말하는 것, 걷는 것… 나는
그들과 똑같은 모습으로 복제가 되어
서로 간 아무런 차이도 느낄 수가 없었다.

생각하면 별의별 형상들을
이 오감으로 다 겪은 것 같은데

드문드문 기억의 흔적만 보일 뿐
내가, 잘 기억되지 않는다.

- 어떤 상처로 내 마음 군데군데가 구부러지거나

할퀴어졌거나 잘려져 나가서일 것이다.
: 이 마당에 홀연히 뼈아팠던 옛 사랑 하나가 떠올려진다.
색 바랜 낡은 헝겊들로 기워진 이야기 몇 토막,
…애석하게, 갈수록 희붐해지는 슬픔도 아닌 그 울음소리
저 아래 어두운 계곡에서 들려오는가.

허공 속으로, 순진할 것도 없는 미소가 한 자락,
헐렁하게 흘러나가고 있었다. - 그래야지, 남은 기억에 대해
판단은 항상 유보留保가 돼야 하는 것이지.
- 예禮를 갖추자 곧 예를 잊히게 되었다.

이런 고요 속에서
나를 연민해하는 일 따위 다시는 없으리라.

매일 다니던 길과 시간 사이에서
오가던 사랑과 미움을
내 양식으로 삼아 지냈던 게
- 정말이지, 어제의 꿈만 같다.

; 나를 주고받으며, 너를 주고받으며 -
습관적으로 주고받는 일로 내 일상은 변함이 없었지
- 매번 방에 들어서면 그날 주고받았던 일.

후회할 틈도 없이 잊히곤 했지만
불현듯 거울 속에 머물고 있는 내가,
들릴 듯 말 듯 뭐라 중얼거리고 있다.

- 어떤 사실로도 사실을 입증한다는 것은 불가능해
너와 나는, 어디까지나 가설假設로 존재하고 있는 거니까…
; 치매 환자가 마치 가설의 존재로 보이듯

거울 속 이 형상 다시 바라보니
뭉게뭉게, 언제 한, 두 번,
내가 급격히 허물어질 뻔 했던 기억도 떠오른다.

(어릴 적 깊은 어둠에 휩싸인 채 제 몸을 조용히 태우던 촛불
을 물끄러미 바라보다 홀연 내가 사라질뻔했던 기억… 그리고

어느 때 온종일 어둠뿐이었던 눅눅한 방에
전등불을 켜자

아무 뜻도 없던 내 평소의 마음에
번개처럼, 무단無斷으로 빛明이 나를 차지해버려
(새삼 살짝 놀란 적이 있어)
없던 내 존재가 갑자기 그럴 듯하게 드러났던 일.

생각을 따라 사물을 따라다니기만 했던
순진한 이 몸이 〈자연〉 속에서
자연스럽게 일상이라는 습관에 젖게 된 것도
그럴 듯하게, 나를 드러냈던 일.

: 그러나 회상하고 있다
무시無始이래, 그러니까 내가 부재하는 동안에
어둠無明은 그 어둠의 기운을 스스로 압축시키어
제 각기 사물은 만들어진 것이고

내가 있는 동안
사물들은 비로소 세계에 현신現身이 된 거라고.

나는 어머니 자궁 속에서 까마득히 어둠을 잊고 지냈다.
내 안에 비가 내리고 있는 줄도 모르고
밖에 내리는 비雨만을 읽고 있었다.

내가 수시로 찢겨나가는 줄도 모르고
나는 사물의 거죽이나 핥으며, 사물의
이름이나 사랑 따위로 나를 포장하는 일로 분주했다.

: 그러므로 어둠의 몸에 사로잡혀 지내는 동안
나는 공허라는 허기에 시달려야만 했다.

뒤늦게 여러 삶들과 중첩이 이루어져
(천 겹 만 겹으로) 더불어 지내져질 수밖에 없음을 자인했으나

이 물건이 그 어디를 향해 움직이건, 욕망 자체에는
조금도 힘들 일이 없었다; 하나의 선택이 결정되면
내 몸과 마음은 하나가 되어 돌아갔으니까

어둠의 압축으로 생긴 이 몸이, 이따금
답 없는 물음처럼 남아
나를 곤혹스럽게 만들기도 했으나…

일찍부터 이 몸이, - 아마도 감각 같은 것이 있어)
이 마음을 선도先導하고
또 선도善導도 하였던 것을 생각하면

모두가 어둠의 음덕蔭德이라 여겨져
내가, 아주 기특한 선물만 같다는 생각이 들었다.

그런데,
이 앎은 대체 어디서 온 것이냐?

: 그리고 정작 이 몸은 언제부터 내 것이었느냐.

언제부터 내 것인 것처럼 보였단 말이냐!

*

허공에 잠시 머물다 지상으로 되돌아온 나의 눈,
나는 앞니를 내밀어보고, 얼굴을 찡그려보기도 하고
크게 입을 벌려본다, 선악도 아닌 행위들, 나를
단순히 지나쳐가는 일들…

그러다 한동안 이 형상을 뚫어지게 응시해보는데
실상, 볼 것이 없다 : 어둠에 대한 응시로
외려 외로움의 위험도만 점점 더 커간다. - 이러다
어느 순간 이 몸이 붕괴되어 버릴는지도 모르겠다.

거울 속에서 서서히 번져가는 이것은,
마치 내 안에 숨어사는 병원균마냥 삽시간에 자라
마침내 나를 지배하고는
내 온 존재를 질식시키고 말 것만 같다. 이것은,
: 당장에 내가 죽는다 해도, 없어질 병이 아니리라.

전생에서부터 나는
너무도 오랜 동안 황량한 삶만을 살았다.
- 야생의 들판에서 허겁지겁 행복을 움켜쥐려
몸이 삭아져가는 줄도 모르고

; 지금 여전히 흐릿한 거울 속 이 형상은
반성할 일도 없고 씻어버려야 할 일도 없다며
민낯의 뻔뻔스런 표정을 짓고나 있다.

하지만 거울 안 저쪽에선
가는 빗줄기들이 줄기차게 내리고 있다.

버려라버려라버려라버려라버려라,

북소리처럼 내 영혼을 두드리는
이 비는 내 일생을 소리 없이 적시며
무無를 속삭여왔던 것이다.

: 비는 말한다. 내 앞에 펼쳐진 이 악의 세상을
멸절시키기 전에 나 먼저 고백되어져야 한다고

: 내 앞에 울타리를 쳐놓고는
나는 오히려 세계가 갇혀있는 것으로 보지 않았던가.

안에서나 밖에서나 얻으려 애쓰는 일에 도취해
무거워진 비계를 떠받치고 다니느라
어느새 모든 감각들은 둔해져버렸다.

(나의 눈, 나의 언행은 밤낮없이
세계의 형상들을 남용하면서도

매순간 형상들에 대한 근심과 의심들로
가득 차 있었다⋯ 미련스럽게, 그러나 조용히 절망하는 가운데,

　　내가 펼쳐놓았던 그 모든 변명에 대해

　　비밀처럼 간직해왔던 모든 상징과

　　값싼 울음과 사치스러운 그 웃음들에 대해

나는 황송하다고, 다만 황송할 따름이라고

사죄를 드려야만 한다.

나는 이 살과 뼈에 대해서도
무어라 한 마디 말도 할 수가 없다.

(잠시 몸을 잊은 듯)
형광등 불빛 아래 서 있는 이 허상은

말할 수 없는 침묵에 싸여
내가, 우연히 물컵에 잠긴
한 송이 붉은 튤립과 다르지 않다고
고개 끄덕이며

*

갑자기 이 몸속에 붙어살던
어떤 감각의 내가, 거울 속으로 불쑥 튀어나와
이 허상의 나에 대해 의아해하고 있다.
; 사실의 나를 부정하려고 하는
나에 대해 꾸짖기까지 하는 것이다.

- 너는 그 모든 헛된 마음을 모르는 채
그냥 지나쳐가라, 나를 바보로 만들 생각은 말고…

그러나 수증기처럼 솟아오르던
이런 속삭임의 말은
내 고요 속으로 이내 사라지고 만다.

*

일찍이 나는 뜨거운 바람의 손쉬운 먹이임을 알아
나를 붙잡으려드는
그런 유혹에 쉽게 넘어가지 않는다.

여러 사랑의 기타를 치며
떠돌아다니기를 좋아했다. 나는 마음 가난한 자에게
희망의 새털구름을 만들어 보여주곤 했다.

부드럽고 커다란 은빛의 날개를 가진 나를
나른한 어떤 형이상形而上의 구름 속에
머물게 할 순 없다.

나는 물컹한 살의 존재도 아니다.
딱딱한 뼈의 존재도 아니다.
흥청망청 몸의 오르가슴을 좇는 존재는 더더욱 아니다.

여러 사람들이 많은 고통으로 힘들게 일군
반듯해 뵈는 이념이나 나를 설득하려는
관념에도 익숙해 있지 않다.

장롱 밑 수북이 쌓인 먼지더미같이
사멸되어가는 것 속에, 그처럼 괴이하고 신비한 고요 속에
머무는 일도 나는 거부해왔다.

진귀한 보석들로 치장한 사랑의
감옥에다도 나를 잡아둘 순 없었다.

나는 뿌리가 없어
어느 때 군중의 정의로운 분노에 휩쓸리곤 했지만
배꼽 안 고요의 눈으로 평정을 되찾곤 했다.

왼쪽에선 잘잘못을 헤아리더라도
오른 쪽에선 내가 어떠한 오류도 없음을 알아

파리 떼 같은 군중 속에서도
위선으로 때 묻은 나의 패배 속에서도
나는 끝내 무너지지 않았다.

: 실은, 이 삶 이전부터
맑고 투명한 침묵이 나를 감싸며
나를 멀리서 사랑했던 기억을 간직하고 있기에
나는 여태 무너지지 않았던 것이리라.

그때마다, 어디든 내가 원하는 곳으로
나는 바람이 되어, 석양이 되어, 꽃이 되어,
벌 나비가 되어, 제멋대로 돌아다녔다.

인간으로 태어나
세계의 모든 색력色力을
하나의 장場으로 여기며 (그 장을 내가 만들어 놓고도)
사물들과 숨바꼭질하면서도
있는 듯 없는 듯 지냈던 기억이 여전하다.

나는 별이 되어, 많은 밤을 지새우면서
밤이 선사한 외로움의 경전들을 읽곤 했다.

모두의 괴로움을 괴로워했던 것,
피할 수 없는 나의 괴로움이었으나
나를 도피시킬 방책을 굳이 찾지 않았다.

한가한 날이면 한낮에 나무 그늘에 앉아
나를 관觀하다, 내쉬는 숨 속에서

사물과 나는 서로 잘 다스려지고 있다는
앎에 흡족해하기도 했다.

…이 우주의 중심부로 나를 끌고 가려는
보이지 않는 중력이 있으리라, 분명 -그 안에서
온갖 입자들은 춤을 추면서

나와 너의 형상을 넘나드는 노래를
영원히 흥겹게 부르고 있으리라.

헌데, 지금 이 거울 속에서
이 몸의 나를 붙들려 하는

보이지 않는 새끼줄 그림자가 어느새
다시 나타나, 내 앞에 어룽거리고 있구나.

: 이 존재에 대한 깊은 탐착의 마음에서
비롯된 것이리라. - 나를 떠나지 못하는 것들이
나를 일삼아 희롱하려는 손짓들…

이 꿈속에서도
마치 외고집 노인이 쌓아둔 부富만을 믿고

가난해 뵈는 사람을 향해
짐짓 거만한 몸짓을 내보이는 것처럼

내가 끝까지, 〈있다〉고 고집을 피우는
이 환영幻影은,

*

나는 숨을 죽인 채
; 공손한 마음으로, 한없이 낮은 곳을 향해
나를 온전히 항복시키려는 마음을 품고 있다.

　(어떤 의지에서인가?
　한쪽 귀는 무한을 향해 열어놓고,

가난하고 어리석은 나를
내 본향本鄕의 침묵으로 감싸고 있는 것이다.

: 그리고 속으로 타이르듯 말한다.
내게 사로잡혀 사느니
나를 저기 하얀 벚꽃나무 그늘 아래
흰 주검으로나 내버려두는 게 차라리 나을 거라고…

이 형상 너머의 내가,
바닥없이 지내던 시절의 내가,
한줄기 연기가 되어 피어오른다.)

아주, 아주 오래전… 그러니까
내가 참나무나 소나무나 전나무 등으로
커다란 숲을 이루고 있었을 적에

내 안에 살던 수많은 곤충과 짐승들이
나를 사랑한다는 생각도 없이 나를 사랑했던 것처럼

 그리고 거기 존재하는 것들의 생멸生滅을
내가 향기로운 여러 꽃향기로 어루만져주었듯이

내 고유의 침묵은 참으로 실다웠다.

내가 몸으로 드러나 시공을 의식하게 되면서,
- 나는 필연적으로 생사生死를 겪어야 했던 것이지만

    그 고난도 아닌 고난을
    나는 여백의 마음으로, 내 죽음으로 견디어내곤 했다.

차별 따위로 세계를 앓는 일도 없어
나는 한결같이 담연淡然 했다. -
: 나는 허공 속 자취가 없는 산소처럼 움직여,
무엇이 내 마음을 감지했더라도
나를 측정하려거나 알아내기란 불가능했으리라.

본래 나는 유한도, 무한도 아니었다.
나는 생명체가 아니었으나

생명들의 생멸을 떠나,
내가 있음을 스스로 알 길도 없었다.

내 생명은 나에 의해 구애를 받지 않고
내 안의 우주를 거듭 창조해나갔다.

새로 태어나는 그 순간, 나도 모르게 시공은
새로이 짜여지면서,
스스로 유전流轉을 거듭해나갔던 것이다.

나는 사유를 할 줄 아나, 사유가 아니었으므로
나는 선악善惡을 아나, 선도 악도 아니었으므로
나를 방해할 것은 아무것도 없었다.

일테면, 나는 스스로 세계의 중심에 있다고
여기며, 커가는 하나의 나무였다.

이 생명의 나뭇가지들은 자유를 향해
끝도 없이 뻗어나가려 했다.

큰 바람이 불어 가지가 부러진 자리에선
다시 부활처럼, 아무 일도 없었던 양

새로운 나뭇가지들이 자라났다.

나는 고집을 피울만한 이유가 없어
자연의 변화에 맞춰, 탄력적으로 자라나졌다.

그러나 어느 땐,
음험한 악마의 검은 마음을 연상케 하는
침묵 일관의, 거대한 밤의 산맥처럼
한없이 무거워 보이기도 했을 것이다.

　　오, 그 불가사의한 생명의 리듬,

나는 새끼 고양이의 작은 울음 속에 들어가
한 순간에서, 영원 속으로 능히 들어갈 수도 있었다.

한 생각 돌리면, 한 여름 적막 가운데
쏟아져 내리는 무량의 햇빛 속으로
나는 흔적도 없이 사라질 수 있었다.

인내의 미덕인가, 내 순수의 기다림인가.
이따금 대지를 온통 흰 눈으로 덮어
내가 드러내지기도 했으니, -이것은
세계에 하나의 마음만이 있음을 말함과 같았다.

장마철엔 강들을 범람케 함으로서
나는 온갖 유정有情들에게 세계의
파괴와 평정의 마음을 동시에 돌아보게 했다.

: 늦가을 노인들만이 사는 시골에선
힘찬 아기의 울음소리를 듣게 하여
나른한 죽음의 잠에서 깨어나
잠시 과거로의 시간여행을 하도록 안내해줬다.

제 어린 새끼를 혀로 핥아주며
몸을 깨끗이 해주려는 어미 짐승의 사랑처럼

내 감각은, 내 사랑은
내 행동과 다르지 않았다.

한 밤중 차가운 시냇물 소리를 들으며
시방의 모든 소리를 잠재우기도 했으니

느껴 아는 자들은
어떤 악몽에도 너끈히 견딜 수 있는 힘을
얻었을 것이다.

모든 이의 깊은 외로움 뒤에서
푸른 댓잎 흔들리는 소리가 들려올 때
나는 그 그리움의 한 복판에 서 있었다.

　　나는 때로 털구멍보다 작아
　　잘 보이지도 않는 존재였지만

내키는 대로 내 마음에
산이건, 바다건, 별이든, 어떤 노래나 어떤 죽음이든
그 무엇이라도 다 담을 수가 있었다.

해가 뜨고 지는 나날의 신비 속에 있으면서

해마다 같은 자리에서
꽃들이 피고 시드는 일처럼

(그리고 전쟁과 파괴와 죽임의 세계에서
비탄과 자기도취의 사랑에 빠져 헤매는 무리를
생각하면서

내 일과日課는 날마다 나를 속이는
무상無常의 일로 번다했지만

무시無始이래, 무슨 모양으로 지내든
종래 나는 무탈無奪이었다.

나와 세계 사이엔
그 무엇으로도 깨부술 수가 없는
커다란 철벽으로 가로막혀 있어

나를 진정 격려해주거나 공감해주는 자를
만날 수가 없었다.

나는 사람의 모습을 취했으나
형상으로 드러난 존재가 아니기에

나는 말이 아니었고
단지 말이나 세간을 빌려 쓰며 지내는 존재이기에

온 세계 뒤집어보아도 함께 할 짝이 없다.

　　형상 속에 들어가 지내는 일이란

 마치 지금 거울 속의 나를 바라보는 일과 다르지 않아

허망하기 짝이 없는데… (이 꿈속의 비참을 견디며,

응연凝然히 나를 응시하다가(아마 이 죽음 너머인가?

캄캄한 저 밑바닥에서부터 차가운 물 기운이

맴도는가 싶었는데 급히 솟구쳐 올라왔다.

- 형용키 어려운 어떤 감사의 마음에

내게 없던 눈물이 왈칵 쏟아져나올 듯 했는데

…그 눈물 이내 말라버리고 말았다.

(내 혀는 꼬부라져 아직 펴질 줄 모르고,

거울 속에서 3

만약 전생의 인과를 알고자 한다면, 이 생애
서의 일을 보라, 다음 생의 일을 알고자 한다
면, 이 생에서 행하고 있는 일을 보라.
—붓다, 『삼세인과경』

왜냐하면 사람들이 큰소리로 이야기할 때, 수
많은 자아는(아마 2천개도 넘을 것이다) 거리
감을 느껴 의사소통을 시도하지만, 정작 의사
소통이 이루어지면 침묵하게 되기 때문이다.
—버지니아 울프, 『올랜도』

바닥없는 저 고요의 세계를 향해
… 염치도 없이
실뿌리 같은 촉수들을 내밀고

생멸生滅의 꿈을 꾸었던 것이리라.
; 천만년 푸르른 하늘 아래
(나를 잊지 않고) 나를 불러내

이 생을 다시 앓아야 한다고 했다.

내 〈있음〉에 미진했던 지난 꿈들,

: 유행流行이나 따르다 내 뼈가 삭아져가는 것도
알지 못하고

순간순간 내가 겪은 사물들
- 나를 달래거나 품어줄 무엇이 있나 싶어
- 내가 다가갔던 형상들
; 그러나 다가갈수록 사물들은 나로부터 달아나기만 했다.

나는 (매 순간 흠결이 없는) 풍경들을 만나며
그것에 나를 의탁하려고도 했다.

그러나 말을 붙이기도 전에
풍경은 매번 낯선 객客이 되어
무심히 나를 떠나갈 뿐이었다.

- 저기 커다란 무덤과도 같은 비탈위에
잃어버린 것 아무것도 없는 것만 같은데
무얼 잃어버렸다는 듯, 그러나 고아한 자태로
제 사랑의 미열을 앓고 있는 자귀나무 꽃을 보라.

- 아마도 전생에, 미진했던 제 사랑을 울기만 하다가
(요행히 미치지 않고) 금생에 다시 태어났던 것이리라.

　　나는 봄에 지는 꽃들을 따라가다
　　너무도 먼 곳으로 와버렸다.

돌아갈 길 잊어, - 이곳에 왔는데
아스라이 향기 머금은 자귀나무 꽃,
(그런데) 너는 나를 봐도 반가운 줄 모르나 보다.
; 갑자기 내가 애석해 보인다…

조만간에 떠날 꽃들아,
나로부터 떠날 오늘의 꽃들아,
차가운 어둠 한 조각 먹은 것만 같은
이 환한 대낮에, 나도 천천히
그러다 갑자기 다른 사랑을 찾아 떠나게 되리라.

- 너에게 눈길을 주지 않는 한
네가 있음을 내 어찌 알 수 있었겠는가.

(불현 듯 다른 내가, 내게 묻는다)
- 너는 대체 무엇을 알았단 말이냐.
- 무엇 하나 충분히 사랑한 일 있었단 말이냐.

: 나는 일찍부터 무심無心이란 병에 걸려있는지 모르겠다.
나로 말미암아 일어난 사태들에, 사물들에, 약간의
마음도 주지를 못하는
무심無心이란 병에 톡톡히 걸려있는지 모르겠다.
사물들은 나와는 무관한
자신들만의 꿈을 꾸는 것만 같았으니

: 아마 내 꿈속에 드리워진
기나긴 외로움의 그림자 때문이었을 것이다.

전생에서부터도
나를 달래거나 품어줄 무엇이 있나 싶어

틈만 나면 형상들 안으로
기어들어갔던 그 많은 경험들… (기억하고 있지)

: 제 몸이나 이름마저 잊은 채,
마치 신神의 손길에라도 닿으려는 듯
(수천 년에 걸쳐) 공들여 만든 아름다운 형상의 작품들
- 헤아릴 수 없을 만큼 만들어졌다 사라진
무명無名의 작가와 그 작품들을 생각하면 이해를 넘어
나는 소름이 돋기까지 한다.

〈지금〉을 한껏 고양시키기 위해 침울한 과거를 다스리려,
불안스런 미래를 다스리려, 무자비하게 할퀴어낸 영혼들의
용맹스런 투혼의 정신들. (나는 수시로 훔쳐보았지)

　　값싼 내 눈물 거두게 한 표징들
　　육안으로는 알아볼 수 없는
　　이콘icon에서 발하는 성스러운 빛

(그 신비한 빛의 힘에 이끌린 나는 무릎을 꿇고 기도드리고 싶었지)

창칼을 바람같이 여겨, 제 모가지를
(내키지 않는 권력 앞에)
서슴없이 순순히 내놓은 결연한 순간들
(직접 볼 수 없어) 안타까웠던 지난 영광의 장면들
(그것들 조심스레 나를 빠져나갔지)

거친 붓으로 내지 비장한 마음으로, 휘갈겨 쓴
살을 에는 듯한, 단말마적인 비명들
; 제 죽음을 넘어서기 위해
- 땅위에 떨어져버린 빛 부스러기들, 얼어버린 눈물들

마군魔軍의 장난인 듯, 뇌가 찢겨져나갈 듯

어지러이 늘어놓은 고뇌의 문장들
(이런 난해한 방황은 진정, 무엇을 위한 것이었던가?
고뇌의 흔적들, 갈수록 〈거짓〉이란 생각만이 자꾸 떠올라서

(괜히) 온전한 지각을 비틀어버린, 그래서
새로운 파괴를 즐기려는 듯한
그런 슬픔에 겨운 자화상들도 나는 숱하게 보아왔다.
필연적으로

사는 일이 너무도 따분해,
- 그 껍질 온전해 보이는 지각을 전도顚倒시켜버린 발상들
장난기 어린 울음이거나, 참인지 거짓인지
알기 어려운 냉기 섞인 웃음들
(그때마다 나는 없는 병을 앓기도 했다. 그러나
이 무명無明의 몸에서는 이상하게도 신열이 올라와
나 역시 덩달아 부풀려지곤 했던 기억.

- 대마에 취해, 이런들 저런들 휘영청 괜찮겠다며
들뜬 기분으로, 가벼운 발걸음으로

〈거기〉에 가면,
새롭게 발견될 일이 있으리라 기대를 하며

(앞뒤도 없는, 낙서 가득한 칠판 위에서도)
나는 흠 없는 〈내일〉만을 상상했던 것이다.

갈수록 때만 묻어나는 일임에도
너나없이 내밀고 있는
의미들의 친절한 안내를 받으면서 말이지)

　　그리고 다음 장을 넘기면
　　색 다른 생이, 색다른 꿈이 현시되기도 했다.

〈하나〉를 규정하려, 평생 사투를 벌였던 〈진리〉의 대가들,
　신을 위한 봉사자들이 마치 나를 위해 기다리고 있는 듯했다.
　(나 같은 자들을 위해, 기도도 드리고 있었다는 생각이 섬찟 들기
도 했다)

; 제 존재의 미진함에
- 신성神聖을 향해 내달리거나
〈완전한 사랑〉을 향해 과감히 몸을 내던졌던 자들
공空의 체현을 위해 몽둥이를 날리던, 경탄할만한
(값을 매길 수도 없거니와 반쯤은 미치광이처럼 보이는) 선사들…
모두 내 발걸음을, 내 그림자를 무겁게 한 자들.

그러나 모든 만남은 잠시 뿐이었다.

- 세계의 재난이나 가난은 여전히 진행 중이었고
작자들은 대체로 무지를 대체한
형식적인 (지적) 진화만을 보여준 것만 같았다.
- 여기에 얽혀져 나 또한 자존自存 따위는 안중에도 없는
새鳥가슴의 실리주의자가 되고 말았다.

　　반야般若는
　　(경전의) 바다에서 여전히 빛을 드러내고 있었을 테지만
　　(문자들의) 깊은 어둠에 가려져 있어, 결단코
　　스스로 현현顯現되는 일이 없었다.

: 모두는 자아도취라는 술맛에 길들여져, 밤낮으로
　그런 술맛만을 찾아, 나처럼 결국 (관념의) 중독자가 되고 말았
다.

　한밤중 꿈에 자비와 사랑을 품고 찾아온 관세음보살을 보고도
나는 잡귀가 온 줄로만 착각했다.

　별이 되지 못한 채 (지상에) 못으로나 남게 된 것들
　천상의 구름을 흉내 낸 솜사탕, 그 달콤한 맛,
　벼리고 벼린 끝에 명검을 만들었으나 한 번도 쓰지 못한 채
　녹이 슬어버린… 그런 일들,
　그러나 그런대로 아름다운 일이었다.

널따란 잎사귀들을 바람에 펄럭이며
봉황鳳凰이 꾸는 꿈에, 몸을 맡겨도 봤지만

　그 모든 것,
　내 깊은 우울 위에서 잠시 빛났을 뿐이다.

; 저… (직접적인) 몸과의 관계를 맺지 못한데서 오는 허전함,
말하자면, 오래전에 말라버린 눈물들, 박제가 돼버린 나비들.

; 우물물을 퍼 올릴 적마다 우물 속의 달은 잠시 흔들렸을 뿐,
달은 영원히 건져내질 수가 없는 일, (모르는바 아니지만)
저 바닥에서 근심으로 찰랑대는 것들, 버릴 수도, 지워버릴 수
도, 붙들어 둘 수도 없는 노릇이었다.

(미치지 않고) 그러나 이 생에서 한 가지 얻은 게 있다면
나는, 하나의 가설이거나 임시로 시설된 존재라는 것, (그 정도)

; 마치 오래전 방 안에 들여놓은 책상이나 침대, 찻잔이나
밥그릇처럼; (나는) 필요에 의해 쓰일 뿐인 존재라는 것.

- 나는 팔 수도 팔릴 수도 없는 물건이지만, 흥정의 대상으로아
무 때고 팔릴 수도 있는 존재라는 것. 그래서 실로

나는 존재한 적이 없는 것만 같다는 정도의 생각

이 어설픈 존재는 감각을 넘어, 얻을 게 없는 데도
얻을 만 한 게 있을 거라는, (엉뚱한) 생각을 품고서
숙세宿世부터 쉼 없는 생각의 파도를 타야 했던 것이다.

(전생에서처럼, - 이번 생에도, 이번 생이 마지막이란 생각에)
형상을 만나면 번번이 거기에서 새로운 무엇이
찾아질까 싶어…

어두운 자궁 속 깊은 곳까지 샅샅이 살펴보기도 했다. 그러나
- 생명의 기원에 관련한 어떤 흔적조차도 나는 찾아 볼 수 없
었다.
　무명無名의 세포들,
　- 왜 사는지도 모르는, 그 놀라운 생명력만이 확인되었을 뿐
애욕은 커녕, 애욕의 그림자나 어떤 사랑의 〈샘〉도
나는 찾지를 못했다.
　- 애욕이란 놈도 당장엔 토막살해를 당한 것만 같았다.
　(참으로 싱거운 현상이었다)
　: (사랑의) 새가 날아간 허공에서 어찌 새의 자취를 찾으려 했
던 것이냐.

멈출 줄 모르고 진화를 거듭해나간다는 세포의 생각에 대해

나는 좀체 믿을 수가 없었다.

나의 사랑법에는 (사랑의 변증법에는)

중대한 착오가 있음이 확실했다.

갈수록 깊어지는 애욕이나 명예에 대한 관심은

내 뿌리 깊은 병통과 다르지가 않았다.

- 내 있음을 확인하고, 내 있음을 증폭시키며

멋대로 나를 왜곡시킨

하지만 그걸 내심 자유를 그리워한다는

마음의 다른 표현이라 착각해…

숙명적으로 주어진 이 갈애渴愛는, 철퇴로 때려 부수려 해도

결코 부수어지지 않는 끈적끈적한 습기濕氣,

흡사 에이리언의 체액 같아…

제대로 절망조차 하기 어려운 놈

(그리고 이 갈애는 말기암으로 통렬한 통증의 끝에 와있는 자가 죽음을 안달해하는 그런 욕망과도 다르지가 않았다)

한때 깊은 바닷속으로 들어가, 제 있음을

자랑하는 생명들의 가면무도회에 잠입해

유유히 춤을 추는 물고기들과 어울려 지내보기도 했다.

(그러나 몇 시간도 안 지나 단순히 반복되는 그런 춤에 나는 무덤덤해지고 말았다. - 할 일 없는 나를, 무심히 쳐다보고만 있던 우리 집 멍멍이처럼)

신비스런 눈빛을 흘리며 춤을 추는 물고기와 어울리면서
　나는 시간 속 무화無化됨에서 벗어날, 실마리가 좀 풀리는가 싶
었는데,
　그들 춤 속에 슬기처럼 숨어 사는 살기殺氣를 섬뜩 알아차리게
되자 이내 허망감 감출 길이 없어졌다.

　　- 바닷속에서 생생히 진행되는 환한 침묵
　　- 나는 속 검은, 그 환한 침묵만을 실감했을 뿐이다.

어둠 휘몰아치는 북극의 찬란한 오로라의 초대로
한동안 그 빛들의 오케스트라 연주에 빠져, 차갑고도
매우 위험한 선율들을 황홀하게 즐긴 적도 있었다.
그러나 그 연주가 끝나버리자 나는 무한 속에 홀로 버려졌고
다시 다른 사람이 꾸는 꿈속으로 되돌아가야 했다.

큰 비 지나간 뒤
- 사방에서 (옛 나를 쓸어버리는) 물소리 힘차게 들려오며
눈물 나올 지경의 청명한 하늘을 바라보다가
- 파란 빛을 발하는 넋 나간 빈 해골 속에서
그간 내가 꾸었던 서러운 꿈들을 붙잡고 울고만 싶었는데
가상假想의 울음에 문득 허망함 느껴지자

내 〈앎〉으로는 결코 이를 수 없는

어떤 〈절대〉를 향해, 드높은 〈광명〉을 향해,
내가 확연히 열려져가고 있음을 느낀 적도 있었다.

　　내가 없어도 마냥 푸르기만 한 하늘의
　　가없는 마음으로 인해
　　이 생의 어떤 떠남에도, 상쾌한 정情이 깃들게 될 거라고…
　　상쾌한 정이 깃들게 되기 마련이라고…
　　(중얼거렸던 기억)

그러나 평시 이 변덕쟁이는 (욕심이 많아)
형상들을 만나면 이따금 그 형상들을
새롭게 변용시키려는 의도도 품고 있었다.
(그래서~ 요즘도 이 따위 중얼거림 같은 시詩나 쓰고 있는 것이다)

; 순진하게도, (미래엔)
더 나아질 뭔가가 있을 거라 믿고 있었고
　- 차제로, 저절로 얻어질 무언가가 나를 기다리고 있을 거라 믿
고 있었기에
　(그러나 여기저기 돌아다녀 봐도 아무것도 날 위한 것이 없다
는 느낌이 든 날이면, - 심심풀이 나는 몽상에다 몸을 잠시 맡겨
두었다.

: 두어 평의 허름한 방안에서

- 마치 이 생의 가장자리에라도 와 있는 듯,

벽에 걸린 아버지 사진과 옛날에 찍은 색 바랜 가족사진과

내가 하릴없이 졸음에 빠져있던 어느 오후

나는 꿈속에서 푸른 계곡에서 흘러내리는 빛나는 하얀 물소리
들으며,

(포근하고 산뜻한 기분으로 그 물가를 걷다가 -우연히, 그러나 천
연스레) 예전에 잃어버린 한 여인을 만나게 되었지.

조용한 기쁨에 넘쳐, 내 그녀에게 다음 생으로 함께 가자는 마
음에서

언뜻 손에 들려진 노란 수선화꽃 한 송이를 건넸지.

(이심전심以心傳心), 그녀는 내 뜻을 알았다며…

그러나 말없이, 멀리서 내게 옅은 미소만을 날리고 있었지.

하얀꽃 그녀는 (그때 나는 약간 난처하고 부끄러웠던가)

하는 수 없이, 빛나는 석양 아래 잘게 부서지는 햇살 받으며

(난데없이 고마움 같은 것을 느꼈던 것도 같은데)

아무튼 나는 스멀스멀 희미해지는

사랑의 나를 포기하려는 것인지

다시 미래를 기약하려는 것인지 (생각이 순간 스쳤으나)

이 고요하고 밝은 세상에 더는 쓸쓸해질 일 없을 거라며…

하얀 물소리 들으며 나는 봉긋 입 다문 나팔꽃으로 남을 밖에
없었지.

마침 먼 향수처럼 아리아가 들려왔는가 싶었지.

(태아를 사랑하는 어머니의 노래 같은 그런 노래 말이야. 가만 기
다리니, 그건 내 안의 요청으로 온 듯도 했지)

(꿈속에서도) 주홍빛 몸을 가진 자의 애달픔이 있었는데…

거기엔 생의 야릇한 비밀도 숨어있는 듯했지

　- (말로 드러내긴 좀 그런데) 간단히 말하면…

　사랑은 주는 데서 외려 갑절 이상으로 크게 받게 된다는 아주
단순한 사실

　- (이런 건 비밀도 아니라고? 하지만 내겐 처음으로 희한한 일이었
지, 희유稀有한 일이었지, 사랑에서 우러난 감사라는 게, 감사라는 말
이 여운처럼 이렇게 오래 남을 줄 예전엔 전혀 몰랐던 일이었으니까)

　: 세계를 장엄하는 일도 나의 일인 것만은 틀림없는 사실이라
고 (믿게 되었지)

　그리고 허영 같은 내 오욕五慾도

　(때가 되면) 내 이해를 넘어 능히 용서가 되리라,

　용서가 되리라… (내게 위로를 하려던 참이었는데)

　비몽사몽, 그러다 갑자기

　내 심장이 뛰는 소리를 내가 듣고, 잠에서 깨어났다.

(고요한 대낮에)

　내 있음이 무척 의아했다. 내 있음이 무척 이상하기도 했다.

- 이 심장은, 왜 계속 뛰어야 하는가? 왜 계속 뛰어야만 하는
가?
이상한 허무가 일으킨 갈증으로
나는 자리에서 일어나 냉수 한 사발 들이켰고…
; 마치 달리던 토끼가 한참을 달리다 문득 멈춰선 뒤
왜 달려야 하는지 모르고 어리둥절해 하는 것과 같았던
그때의 내 심정, 내 심장, -

젊은 날 한낮의 꿈에서였나.
무모하게 사막 여행을 나섰다가
길이란 본래 없는 것임을
그래서 길을 잃음이란 도시 없는 일이라고 (잘라 말하고)
길이란 내가 몸소 닦아가는 길만이
비로소 길이 될 수 있을 뿐이라는 사실을
문득 알아차렸을 때
내 육신은 허공 속으로 날아갈 뻔 했지…
무법천지 밤하늘을 수놓은 무수한 보석 같은 별들이
나를 향해 쏟아져내려,

온 우주가 참여한 합창 노랫소리가
(우렁차게 내 가슴을 관통하며) 들려왔을 때
날 이 행성에 있게 한 이유는 분명 있는 거라며…
이 행성에서 반드시 살아갈 이유는 있는 거라며…

나를 (눈물겹게) 위로했던 일.
내가 만든 우주를 보고 내 스스로 놀랐던 셈이었지, 지금 생각
하면)

그러나 일상에서 나는 대부분 몸이 시키는 대로 심부름 노릇
만을 했다,
(쉬움이나 어려움도, 바쁨이나 지루함도 모르고, 그저)
눈길 가는 곳, 소리 나는 곳, 혀가 바라는 곳만을 따라다녔다.
(의도를 하든, 의도를 하지 않던)

타인과 하나가 되려 유행을 좇고
그 유행을 애써 즐겼던 편이다.

: 이따금 보이지 않는 사랑에 대하여, 그릇된 소유에 대하여,
엇나간 가치들에 대하여, 당장의 죽음에 대하여,
사기꾼, 도둑과 다를 바 없는 정치인에 대하여,
남들과 공통의 분모를 찾고는 기뻐 손뼉을 치기도 했다.
(이렇듯 나는 하등 잘못이 없는 물건이었다)
나는 무심無心이기도 하고 유심有心이기도 하여
사람들은 경우에 따라 나를 제멋대로 굴리기도 했다.
(다행히 참상慘狀의 굿판인 전쟁을 겪은 적은 없지만)
내 생은 나름 결코 순탄치가 않았다.

; 거래를 하다 실패하고, 위험하고, 아찔한 일이 벌어졌을 때면 (아무 생각 없이 줄행랑을 쳤으며 그런 가운데서도 남몰래 꿀을 빠는 즐거움에 빠지기도 했다.

하지만 (어느 때) 죽음에 이르는 큰 병이
막상 내게 닥쳐왔을 때면
정작 나는 한 치 앞도 내다볼 수 없었다.

; 나를 덮칠 듯 비구름 떼가 매우 위협적으로 다가왔을 때에도
나는 철모르는 아이처럼 설쳐대거나
게으른 숲처럼 건성건성 술렁대기나 했을 뿐.
곧 시작될 강의 범람에 대해선 전혀 감感조차 잡지를 못했다.

- 하지만 내겐 나를 휩쓸어갈 어떤 위험도 능히 감수를 하겠다
는,
무無에 대한 무모한 용기가 있었는지도 모른다.

시간과 비용을 (지루하게) 치러가면서
끝도 없는 감각의 욕망을 따라
이 행성을
나는 몇 바퀴 째
다시 돌아다니고 있는 것인가.

64

(숨었다 드러났다는 하는 태양이 만든 시간을 타고,
- 사물들 (역시 그 리듬을 타며)
서로가 의지함을 기쁘게 여기며 오가고 있는 바인데

　촉觸이 일어나는 곳마다
　스스로 함정이나 팠던 내 언행들

: 일찍부터 나는 개미나 바퀴벌레, 나비, 봉숭아꽃,
딴은 뜰에 있는 한그루 살구나무와 같다는 생각을 지니며
살아져왔던 참인데, (한 순간에) 벌써 어른이 되어 …
이상한 나라에 와 살게 되었다.

무시로 교설敎說처럼 낭독되어졌던 허튼 소리들,
선생님들, 무서운 암시들,
(내 안팎으로 혀를 내밀고 있는 것들
무엇보다 자동적으로 내가 부여한 의미들

- 마치 파동들은 입자들로 환원되어져야 마땅하다는
그런 이야기들; 본래 천지天地라는 것도 없는 것인데,
천지라는 말이 생겨, 천지가 따로 있는 거라 믿게 된 것처럼

가, 나, 다, 라, 마, 바, 사, 아 … 아, 야, 어, 여, 우, 유 … 도,

빈 목구멍에서 흘러나오긴 흘러나온 모양인데
그것들은 다시 어디에서 나온 것이란 말이냐.
  - 무슨 파동들이 어떻게 하여 무수한 입자들로 환원이 되었단
말이냐.

  : 무엇보다 〈현실〉을 신중하게, 사려 깊게, 다뤄야 한다는 말씀
들
  (중요한, 옳은 말씀) 그렇지만 불만인 것은
  (일찍부터 배가 부른 자들이) 그들 밧줄로 단단하게 동여맨 신념
들
  (껍데기처럼 보일지라도) 진지하게 그 영역을 넓히려드는
  모종의 (객관적) 진술들
  - 가난한 자를 더욱 궁핍하게 만드는
  (그리고 역시 제 가난을 감추기 위해서인데)
  이 생과는 별 상관도 없는 것으로 보이는 사념들에나 얽매
여…

  - (헌데) 지금, 뚫을 구멍조차도 없는 나인데, 나를 얽매게 하고
  옥죄게 하는 것들이 있다고 (누가 말하고 있는 것이냐)

(달리 말하면, 이 육안으로 보기엔)
세계가 이성理性을, 무심無心을 제멋대로 반죽해내고
전혀 부끄럼을 모르는 문장들만 같단 말이지.

높다란 크고 멋진 빌딩을 지었다며

거들먹대거나 거드름을 피우는 자들

- 내겐 아주 우스꽝스러운 자들로만 보이는데

나를 풀죽이게 하려는 의도로, 나를 밟고 지나려는 의도로

값비싼 장신구를, 또는 내면엔 희한한 상징들을

걸치고 다니는 자들이 이 세계엔 차고 넘친단 말이지.

무엇보다 섭섭한 것은

도처에서 (모호하기만 한)자유를 애지중지하는 몸짓들

(속이 빤히 보이는 데도 - 그렇다고, 어린아이 소꿉장난도 아닌

것인데

유치하게 (정치적) 수작을 부리는 언행들

치사한 줄도 모르고 보상을 의식한 지나친 겸손이거나

조잡한 퇴행적 언사들 (결코 웃어버릴 일 아니지)

; 이런 것은 자위自慰행위로 봐야 되나? 일종의 자해自害행위로

봐야 되나?

그리고 (스토리가 뻔한데) 저희들끼리 (오가는 일 없는 것이 확연

한데도)

(오가는 일이 있다며) 쑥덕대는 복잡하고, 수상한 거래들

그밖에,

- 빠뜨릴만한 것은 다 빠뜨리고 진행되는

일기예보 해설 수준인 순진한 토론들

(더 이상, 말해 무엇 하랴,
- 나 또한 멈출 줄 모르는 사유에 지쳐가고 있다…

그러나 이 몸은, 끓는다는 앎이 없어도
부단히 끓는 체험을 통해

세계 내에 작동하는 힘들의 '원리'에 대해
이미 잘 알고 있는 듯했다.

　　꽉 다문 입안에서, - 오래전부터
　　창궐하기 시작한 암세포들에 대해 (분수도 모르고,

제 먹이만을 찾기 위해 혈안이 되어, 입안에서
온몸으로 가시가 되어 날뛰고 싶어 하는 암세포들에 대해

(그것은 바로 내가 만든 수천, 수만의 가해자들
- 번개가 내려치는 잠깐 동안에 그 모든 것은 눈에 훤히 드러
나게 될 터지만

　　늘 어둑한 입안에 갇히어

: 말하자면, 제 이름이나 명분을 지키려

또는 세계를 우려한다는 마음에서 자라난
노기 띤 섬뜩한 구호와 같은 것들

제 목숨 하나 부지하려
죄 없는 사람들을 향해 횡포를 부렸던 수많은 자아들

(말할 것도 없이, 나를 부르는 자들은 하나 같이 욕된 자들이었다.)
하나같이 몽유병에 든 자들이었다.

털 달린 것들이 근지러워해, 긁어댄 것들은
서둘러 소문이 되어 퍼져나가곤 했다.

; 소문은 어딜 가나, (숙주宿主를 원하니까)
희생양을 손쉽게 만들어내고는
(가해자들은) 뒷골목으로 다들 빠져나갔다.

한적해진 시간이면 차츰 느껴지던 일이었던가.

모두가 떠나갔는가 싶었는데
마음 한쪽엔 여전히 어둠을 등에 이고
두려워 식은땀을 흘리는 이마들이 자주 목도되었다.
- (피해를 입었다고 호소하는) 저 자아들,
행-불행이 번갈아 교차하는 아픈 자아들,

- 일견, 산 것도 아닌 것만 같고 그렇다고 죽은 것도 아닌 것만 같은
- 수많은 자아들 숨었다 드러났다 하면서
  그 어디에서 보든 이것들은,

  속이 상한 계란
  시끄럽게 떠드는 원숭이 무리
  반쯤 나사 풀린 채 반사적으로 삐걱대는
  제 존재를 지우려, 어서 불에 타고 싶어 하는

  그런데 식욕은
  (무엇을 찾으려? 아직도 왕성하기만 한 것인가?

  흙 항아리와 진배없는 몸으로는
  불치의 병까지 얻은 몸으로는
  변신變身을 꿈꾼다 해도

- 어떠한 변신도 불가능하리라.
- 어떠한 사랑도 (그를) 구제하기 힘들 것이다.
- 차라리 제가 죽어야
  그나마 약간의 희망을 기대할 수 있으리라.

  : 어느 때 의식의 화면 위로, 조상의 혼령이 찾아왔던 모양인데

조상 혼령도 두려워, 거기 우두커니 서 있기나 할 뿐이었다.

　그 무서운 식욕 속에 들어가 먹히어 결국엔 음식부스러기로나
남게 될 것 같다는 예감이 들어서일 게다.)

　이 자아들 죽지 않고 세상을 계속 떠돌게 되더라도
　이 〈자연〉에는 잘 부합되지 않는 한갓 언설로나 남게 될 터

　이 자아들 우연히 무無속을 거닐던
　내 눈길과 마주쳤을 때

　내 무無속에서, 두려워
　우왕좌왕 내몰리고 갈팡질팡했다.

[(이것은) 스스로가 피해자임을 자인自認한 꼴] (아닌가요?)
[스스로가 가해자였음도 자인한 꼴] (아닌가요?)

　다른 생에서도, 이 생에서도
　겉모양이야 좀 달라보였을지언정
　사태들 간에, - 우열은 없었다.

　실상 내 경험인지, 네 경험인지,
　구분조차 하기가 어려웠다.

- 모두는 비슷비슷하게 전개된 이야기
- 가해자나 피해자의 처지가 서로 다르지 않았다는 사실,
  피해자가 등을 돌리면 바로 가해자가 되었으니…

- 아, 이 또한 윤회의 산물인 것인가); 하늘이 맹목으로 내버려
둬 보이지 않는 인과에 따른 무리들, 진열된 상품들과도 같은 그
자아들.

- 매번의 생에서 쉬지 않고 되풀이 되는 이 꿈.
- 피해자의 감성 팔이
  사랑과 증오를 다른 암표로 바꿔치기
  손익에 따라 바쁘게 움직이는 몸들.

저들이 하는 짓이 무엇인지 알지 못하고…
그러다 갑자기 본심을 되찾기라도 한양
평화를 외치고, 의로움을 구한다며 변신을 한다는 말이지
등신 같이, 종교도 이런 일엔 양념처럼 따라다닌단 말이지
나라國家는 어느 때 정신 나간 지도자의
음흉한 수작이거나 충정 어린 고언苦言에 따라
(사람들 또한 기계처럼 하나가 되어 움직이는 걸 좋아도 하니까)
사람들 입맛도 쉽게 바뀌어질 수 있단 말이지
말하자면, (이성理性을 살벌하게 충동질해 대며)
생존만을 감사히 여기라는 비루한 고언들.

(그리고 주님 흉내를 내는, 붓다 흉내를 내는)
의미로 탱탱해진 여러 메시지들
단백질, 탄수화물, 지방질이 적절히 들어간 언론 상품들
- 이 또한 윤회의 산물이란 말이지, 말이란 말이지…

서로 속고 속이는 법에
이제 신물이 날 법도 한데, 끈질기게
나를 물고 늘어지는 생

게임도 아닌 그런 게임의 생을
나는 매번 새롭게 환란처럼 겪어야만 했다.

- 그리고 나는 깃털 빠지고 뒤틀어진 허접한 날개로
한쪽에선 희망을 품고, 다른 쪽에선 없는 희망을 향해
얼마나 퍼덕거렸던가. 말할 것이 없다. 나는 달 없는 밤에
달을 가리키고나 있는 손가락일 뿐이었으니

- 눈에 환하다… 자존自尊이라는 풍선을 부풀리게 하는
칭찬의 말에 대부분의 나는 얼마나 쉽게 고무되었던가.
비난 같지도 않은 스치는 비난의 말에 대부분의 나는
얼마나 쉽게 휘청거렸던가.

내 안을 운치韻致있는 분위기로 꾸미려

허망하게 여러 형용의 말로 치장했던 일
(시도, 음악도, 그림도, 내가 그 현장을 떠나면 까맣게 잊히고
나는 곧장 분해를 바라는 자연의 일상으로, 무일푼으로
쓸쓸히 되돌아가야 했다.

여러 감각을 교묘하게 버무려 만든 환상들,
- 나를 굴리는 일로 어떻게 나의 구원이 가능하겠는가.

세계의 모습은 온갖 언설로 가득 찼을 뿐이었다.
: 민주, 평화, 시민, 평등, 자유라는 말
이미 얼어버린 그런 말들에 현혹이 되어
몸 안에서 깊이 울리고 있던 사랑, 침묵의 소리를 외면해버린
죄, 그리고 먼지같이 쌓인 내 죄를 헤아리자면… (아마 수미산만
하리라.)

; 나를 비참하게 만든, 무엇보다 세계 내에 계몽되어진 허황된
말들로 인해
나는 혼자 밥을 먹으면서도 세계의 한계를, 나의 한계를
혹독하게 절감해야 했다.

그러나 몸들은 지속되었기에

나는 발 없이 달리는 말馬처럼 여러 생을 거치며

나를 미혹시킨 많은 말語들을 따라가야만 했다.
- 사랑하는 어머니, 어머니들의 어머니,
존경스런 아버지, 아버지의 아버지들이 다닌
그 길 위에서 나는 소가 되어, 노새가 되어
말없이 그들 부르심에 순종을 했다.
사랑을 역사役事했던 것이다.

: 순종을 하면, 고통이 고통인 줄 알기 어려워 그나마 다행이었
다.
; 어둠은 어둠에게 빚을 지고 있음을 알지 못했다. 맹목의 힘,
  그 어둠 속에서는 고통의 원인도, 고통에서 벗어나는 길도 찾
을 수가 없었다.

: 내부에선 세포들의 생존경쟁이 치열했으므로
많은 말이 오갔어도
내 입술이, 내 혀가 닳아 없어지는 일은 결코 없었다.

나는 그 길에서 숱하게 넘어졌다. (어렵게) 눈물을 훔치곤
그때마다 두 손 딛고 다시 일어섰다.
신기롭게 여길 일 아니지만 어떤 말들은
내 마음이 가 닿기도 전에 그림자가 되어 스스로 무너졌다.

(나는 분명 여러 사람의 말 속에도 있었지만 단지 말이 아니었

기에,

; 줄기차게 내리는 비가 잎들을 계속 때리며 적시어도 그늘은
  결코 젖은 적이 없는 것처럼
- 내 속은 그렇게 항상 했다는 느낌
나를 만질 수는 없지만 나는 결코 공空이 아니었다.

다음 생을 맞이했어도, 변함없이
시간과 말로서 이루어진 이 세계

어딜 가나
수많은 말 속에 휩쓸려 다닐 수밖에 없는

나는,

: 비록 제 자리에서 한 발짝도 내딛지 않았을지라도
숨 쉴 사이 없이 다시 거래를 하며 결정을 내려야 했다.
(대부분 광대놀음에 불과한 일들이었지만)

몸에 밴 게으름 탓에
(맛집 따위나 찾으러 다니고, 남을 헐뜯거나 하는 재미에 팔려)
다시 나에 대한 경계를 소홀히 했다.

; 돈에는 주인이 따로 없는 것이고

사랑에도 주인이 따로 있을 리 없다며

없는 나를 과시하며 자위自慰를 했다.

- 자유와 자위 사이의 모호한 공간 속에서, 안심을 얻으려 했다고 (고백해야 옳겠다).

익명으로 남의 마음을 도둑질했던 일

은근히 남의 인정을 받으려 했던 일

수치심도 모르고 익명의 성기로

성을 멋대로 추동推動시켰던 날라리 심보

- 이런 것도 일종의 〈개발開發〉이라 여기곤 했으니…

뒤늦게 이 생에서 나는 또다시, 법이란 게 있음을 알긴 알았으나

그것은 깜빡이는 신호등 혹은 쇠 따위를 두드려 만든

쓸 만한 막대기 같은 것에 불과하다는 생각에서…

법과 나는 수시로 상충했다. 재판이란 도박처럼만 보였다.

이 패, 저 패를 번갈아 쪼아보고 베팅을 하려는 침울한 자아들의 모임

장중의 시세와 분위기를 고려한 혹은, 온도와 습도를 조절하려는 노력

쏘아보는 여러 눈빛을 의식한

- 그리하여 대략 말을 맞추기 위한 말의 성찬이었다.

- 사랑을 구속하는 그런 법들을 대하면, 나는 권태를 먼저 느꼈
다.
폭력을 구속하는 법을 생각하면
그런 사람들에 대한 연민이 먼저 갈 때가 많았다.
- 내가 현실을 모르고 싸구려 연민이나 팔고 있다고?
난 할 말이 없지. 항상 법 앞에선 할 말이 없었으니까.

법을 무시했음에 그 대가를 톡톡히 치러야만 했다.
세상은 확실히 공짜로 주어진 세상인데, 공짜가 없는 세상이
었다.

; (선진화된, 잘난) 인권을 의식하지 못하고
중요치도 않은 사소한 약속들을 무시하고
심지어 내 권리마저도 지키지 못하고
빚을 갚지 못한 일로, 결정을 미루어버린 일로
나는 얼마나 자주 횡설수설했던가.
- 스스로 파놓은 구렁텅이에 빠져, - 더구나 내 시詩는
가뜩이나 가난한데 정신분열증까지 앓아야 했다.

그래도 난 때가 낀 내 사랑을, (주인도 모르는)
그 남루하고 더러운 슬픔들을 무던히 잘도 견디어냈다.

: (이런 나를 보며) 비웃지 마라. - 당신들이 가진 것,

실상 아무 것 없음을 난 이미 충분히 알고 있다.
(실은 비웃음 받을 자, 아무도 없다)

누가 객客이고? 누가 주主인가?

어느 해 가을, 깊은 밤
모두가 떠난 공허 속에서

이 세계엔
진정 주인도, 객도 없음을 알고는
혼자 길게 울었던 적이 있다.

: 끝 모를 세계 속에 내가 (필연적으로) 던져져있음에
뭔가 오류가 있음이, - 확실했다.

: 설령 세계엔 오류가 없다 해도, - 내가 불확실한 존재인 것만
은 분명했다.

(돌아보면, 나는 아무 죄도 없고 죄를 모르는 지렁이나 개미를
즉시 보고는 단지 귀찮아 보인다는 이유 하나로
잔인하게 깨끗이 밟아 죽인 업보가 무수하다.
숙세宿世부터 그런 죄 지음으로 인해 이미 너덜너덜해진 마음
이다.

다시 맞이한 이 생에서도 여전히 파충류 뇌를 지닌 나는
— 습관적으로 그리고 이 부동不動의 세계에 권태를 느껴
피를 보려는 행위를 너무도 많이 저질렀다.

(그러나 묘하게도 관대해진 마음으로
지난 내 죄들은 엷어질 대로 엷어진 듯했다.
요즘은 거울 속에서 내가 잘 보이지 않기까지 한다.

　　세계에 대한 믿음이 없었으므로
　　(다가올) 헛된 해방만을 꿈꾸었으므로

(나와 함께 공멸共滅을 바라는)
내 안팎의 존재들은 너나없이 이상한 문장처럼 우글거렸다.

A도 아니고, B도 아니라며, 우물거리던 나로 말미암아
어떤 질서도, 어떤 순서도 없는 세계가 되고 말았다.

〈욕망 없는 사랑이란 불가능한 것인가.〉
〈욕망 없이는 저쪽 나라로 건너갈 수 없는 일인가.〉

딱딱한 나의 땅에서 솟아나기 시작한 의문들
그러나 여전히 불타고 있는 내 존재의 집.

이름 지을 수 없는 이 마음 안에서

일어났다가 사라지는 것들, 사라졌다가 일어나는 것들,

 - 나는 항시 목격되고 있었다.

 - 나는 항시 목격자이기도 했다.

헛된 기대와 헛된 절망과

헛된 미련으로 가득 찬

이 연옥煉獄에서,

(수많은 선택지를 코앞에 두고서)

세세생생, 나는 (나의 분신들은)

줄줄이 얼마나 많은 실추를 겪었던가.

(이제, 다시 나는 막다른 곳에 와 있다)

: 매번의 생에서 - 뿌리까지, 줄기까지, 잎까지,

연꽃이 피어난 것을 알아채지 못한 채

 시詩가 되지 못하고 제 각기 흩어진 채로 떠도는 꿈속 이미지

들,

 - 그런 가운데서도

 엉뚱하게 누가 나를 어떻게 〈계획〉했을 거란 상상도 하면서)

 하지만 눈앞에 바로 연꽃이 피어있음을 보고 있으면서도

- 몸이 사로잡혀있는 이 꿈에서
온전히 깨어나 있기란 결코 쉬운 일이 아니었다.
그리고 꾸짖듯 말했다.

이 꿈의 하늘로부터 어떤 감축感祝을 바란다는 일은
실로 망상에 가까운, 매우 하열下劣한 수작일 뿐이라고…

지난 생들, - 하나하나의 생, 결코 수월치가 않았다.

부실하게 지은 언어의 집
(그 집엔 사람이 없어도, 호롱불 하나 환히 켜져 있고
주변엔 길게 자란 잡초들만이 무성하다.

: 내가 없는 이 우주엔 황량한 침묵만이 감돌고 있다.
허무의 도道가 판을 치는 세계에, 내 몸을 내팽겨쳐두고
차라리 세계가 없다는 듯 지내는 게 유일한 처세이지 싶다.

하지만 꿈에서 깨어나자마자 바로 광대무변廣大無邊해진 나는
(누구도) 알아 볼 수 없는 존재,

나는 지금 천길 깊은 바다에 낚싯줄이나 드리고
잡히는 대로, 잡힌 물고기를 놔주려 하고 있다.

거울 속에서 4

비고 없음이 바로 실다운 바탕이거늘 남과 내
가 어디에 존재하리오. 허망한 정情을 쉬려 하
지 않는 것이 바로 반야선般若船을 타는 것일세.

　　　　　　　　　—혜충慧忠선사, 게송

어스름 저녁 숲 지날 때
조용히 설레는 풀잎들을, 풀잎 그림자들을
본 적이 있지…

황혼의 화사한 빛 고이 뿌리는 먼 하늘
: 이 몸은 시간을 멈춘 모래시계가 되어

번져오는 적멸寂滅의 힘, 깊이깊이
들여다보고 있었다; 어질게 붉어진 몸 하나,
서서히 증발이 되어 사라지지 않을까…
; 그 두려움, 차가운 물소리로 들려올 때까지

어둠은
더욱 싱그러워지고 있었다.

세계의 가장자리에
찬연한 고독처럼 멈추어져
나를 붙들려 하는 것 무엇도 없었다.

저물어가는 빛 파도, 고요히
모든 것 안으로 스며들고 있었다.

(바라지 않아도 무슨 일이든 그 열매 맺게 되어 있으니
그대들이여, 아무쪼록 아프지 않게, 아프지 않도록…

그리고 매사, 참되게 저물어 간다면
어떤 남음도 없게 되리라.

상처를 핥던 새들도
새들의 힘겨운 날갯짓도

더 이상 보이지 않았다.

입씨름에 시달리던 사물들
입을 다물고

비밀스럽게, 안의 빗장을
스스로 풀고 있는 듯했다.

: 나, 또한 신神이 내려준 침묵의 미끄럼을
신중히 타는 중이어서

어디서 부스럭대는 소리가 약간만 들려와도
다른 곳으로 흘려보내야 했다.

모두는
신령神靈스러운 기운에 감화가 되어
제 입을 열 요량들 없었으리라.

허무로 핀 꽃들도
먼 곳 향해 조심스럽게 걸어들 나갔으니까.

　　(돌아보면)

감출 일 없는 생이었는데…

형상들 좇으며 떠난 형상들 애타게 부르는

어쭙잖은 그런 시詩나 그렸다.

- 목전에 어떤 권력 나타날 때까지?

이런저런 관념들 풀었다 묶었다 하면서

어쭙잖게 지낸 몸이었다.

: 그렇고 그런 사연 속에서
공들여 비싸게 얻은 것, 값싸게 팔아버리는 일로
세월 낚기도 했다.

그런데 느낌들은, 서로 따라다니며
무슨 빛깔로 내게 심술을 부렸던 것인가.
심각하게, 때론 장난기 어린 웃음 머금고

: 신기루 같은 몸이 펼쳐낸 것들 -

이것이 정녕 꿈이라 할지라도
내 신세, 아무래도 좀 가련해 보인다.

아직까지 떨어질 줄 모르고 나뭇가지에 매달려
시들어가는 감 몇 개, 그러나

파란 하늘에 머리 파묻고 있는 그것들,
저도 모르게 제 평화 한가롭게 누리고 있는 듯했다. -

날개 없는 옛것에
기꺼이 입 맞추고 있는 중이었다.
나, 번져오는 적멸寂滅의
(보이지 않는) 힘에 의지하여
뿌리까지 냉정하게 불태워지고 있는 것,
보고 있었다.

도도滔滔해지고 있는 그 높이
아마 허공만이 능히 감지하고 있었으리라.

: 소리도 없이 떨어지는 빛의 폭포가
한 점 의혹 없어질 때까지
나를 뭉기어버리고 있었으니까.

만 개의 눈을 뜬 채 하나의 사랑만을
기다리는 황금빛 은행나무,

많은 사랑에 지쳐
이젠 곤히 잠들고 싶어 하는
비운悲運의 늙은 플라타너스 나무,

저 도도한 가슴 아래 - 나, 공기처럼 흘러
그것들, 무심히 스쳐 지나가고 있었다.

보아도 보이는 게 없을 만큼
여여如如해져…
(인간인 것, 깜빡 잊은 듯했다)

의문스런 하나의 음표와도 같은 몸
어느새 어머니 떠난 고향 향해
(영원의) 숨 고르고 있었다. -

사방천지는 온통 금 부스러기들,
곧 재가 되어 떨어지길 바라는 것들로
수북했다.

: 헌데 저기, 외로움 같은 것 안고서 수런대는 풀잎들
한데 엉겨 붙어있는 풀숲 그림자들은, 왜 아직도 제 자리를
떠나지 못하고 있는 것인가.

조만간 (아다지오로) 달 높이 떠오르면
안까지 환히 비춰주길 기다리는… 가냘픈 손길들

하지만 풀잎들 - 갑자기 의심 많아진 내 귀에 바짝 대고
수런대는 게 좀 수상쩍기도 하다.

세상 모든 불륜은 불륜이 아니라며
풀잎들, 주억거리고 있는 것 같기만 했다.

; 이 생에 정말 비밀이라 할 만한 게 있는가.
이 생에 비밀 따위 있을 리 없다.

　　속임만이 비밀을 먹고 살리라.
　　속임의 일로그럴듯한 이념들 만들고
　　그럴듯한 적敵들 만든 것이리라.

속임만이 눈알들 튀어나오게 하는 그런
불안한 사태들 벌려놓고(자신들은 거기서 도망을 쳤던 것이다)
그 모든 것, 운명적인 것이라고 떠벌리면서

내가 떠난 자리마다에 내가 남긴 흔적들
그림자가 되어 너울거리고 있었다; 그것들, 너무도 공허해
서로 엉겨 붙은 채 - 주객이 전도가 되든 말든
(그러나 아무튼 편하게, 친절하게, 가급적 큰 소리
내지 않도록 주의하면서…

진위眞僞를 알기 어려운 내 괴로움들
(정말이지)
언제부터 엉성해졌는지 모르겠다. -

(사실) 나, 숱한 고난 치르기도 했지만
이제껏 얻은 것, (얻었다고 할 만한 것)
없었다; 기껏해야 나를 빙자해, 나를 판 기억밖에 없다.

내 마음,
참으로 보잘것없는 마음이었다.

철밥통 찾기 위해, 가족 위한다며
들판의 하이에나처럼 킁킁거리고 비명 지르며 두루 쏘다녔다.
공상 속 행복 찾는다며 과속 페달 밟고선 무모하게 차를
몰았던 기억들… 선명하다.

: 바람의 끝 향해 달려나갔던 그때의 그 몸들,
땅바닥 뒹구는 침울한 낙엽 신세와 실은
조금도 다를 바 없었지…

: 혹시 보람은 없었냐고?
(한두 해 지나다 보면)
그 보람들,

보람이라 일컫기도 어려운 처지가 되어…
보람들, 벽에 걸려있는 마른 꽃처럼만 보였지.

모두 가상의 말들일 뿐이었다.

: 눈송이처럼 내리던 소중한 시간들,
땅에 내리자마자 흔적도 없이 사라져

없는 시간 누리며 살았던 셈이었다.

: 나, 지금도 희로애락 실어 나르기에 바쁜 나를
자주 목격하고 있다. 일곱 번이고 여덟 번이고
돌부리에 넘어졌다 다시 일어서는 일 되풀이하며
(어떻든 나, 이래도 깨지고 저래도 깨져야 했다.
힘든 줄도 모르고,

　사람들, 사람들, 사람들,
　수도 없이 날 지나갔다.

그러나 이제껏 진정 날 부르는 이 있었던가.
(나, 누구를 진정 찾은 적이 있었던가)

모두는 날 본체만체만 했다. 새처럼 날아들 갔다.

날 부르는 척했던 소리들, 오래전
모두 메아리가 되어 사라졌다.

: 그러나 두 눈, 멀쩡히 열려있어 -

거울 통해, 반사가 되어 나타난
나를
이따금 알아볼 순 있었다.

많은 의심 속에
매일매일 나를 확인하면서도

없는 나를 확인하기까지
참으로 오랜 시간 걸렸다.

그리고 나, 이 세계 내에 여러 모습으로,
여러 분신으로 남아있음도 부정한 적 없었다.

　　보라.

저기 옛 산은 의연히 예禮 갖추고
하염없이 날 기다리고 있지 않은가.

구름은 부산하게 변신을 하며, 날 위해
열심히 울력을 하고 있지 않는가.

*

이제 이 땅은
지난여름의 이름들을, 하나씩
지우며… 바삭바삭 어두워져 가고 있다.

　짐짓 허물처럼 버려진 몸 하나

그 몸, 차가운 햇빛 받으며
옛 눈물을 말리고 있나 보다; 섭섭해하는 것,
없진 않지만… 이건 분명 죄 아니리라.
그러면서도 참지 못하는 그 섭섭함에
처량하게 고개 숙여 용서를 구하려는

아마 (숨어있던 나) 이 생을 완전히 잃고 나서야
새롭게 열려지는 생, 현전하게 되리라
믿고 있었으리라. -

; 눈 감고 있어도 항상 파도가 쉼 없이 달려와
내 잔을 넘치도록 하려 했던, 사랑도 아닌 그런 사랑의 힘을 기대했던 것이리라. 상상이 불러다 준 일종의 초능력의 힘…
(비슷하게 무無의 무진장한 보배라 부를 수 있는 그것…
오직 그런 힘만이 나를 온전히 잃게 할 수 있으리라.

나, 벌거숭이여도 부끄럼 같은 것 잊고
춤을 추고나 싶었다. 사람들 붐비는 장터에서
; 오욕칠정 옷가지들 다 벗어 던진 채

지난 그것들, 모두 쓸모를 잃은 앎이었지.
무작위로 시간이나 흔들어대던 사유들
- 실은 허풍기가 너무 많아 잠시 한눈팔다 보면
곧 재앙으로 되돌아왔지.

무리수無理數 두는 일 마다않던 내 지각知覺
; 끊임없이 활동하지 않는다면 굶어 죽지 않을까
불안에 떨며 관계 유지(보기)를 위해 구차하게
구걸을 하던 행위들… 나를 건사한 〈현실〉이었지
우리 모두 결코 외면할 수가 없는
이 살이 말하려 하는 모든 것.

하지만 (대명천지에)사물들은, 그 내부들은
실로 텅 비어지고 있었다.

: 그렇지 않다면, 그것들
(제 형편을) 후회하며 떨고 있는 나뭇잎들처럼

머나먼 순례巡禮를 향해
이곳을 떠나야만 했을 것이다.

오래전부터 안타까워했던 몸 하나
너무도 오래 깊이 병이 들어,
- 점점 더 그의 몸이 아니었다.

나, 긴 그림자 땅에 드리운 채
(아마, 생사生死의 여운餘韻을 깊이 느끼고
있었던 것이겠지…

이 아둔함에는 깊이 따위가 없는 일이라…

: 오, 사, 육, 팔, 이, 구 삼, 삼…(나, 뜻도 없는 숫자나 헤아리고
나 있었다.

- 내 혓바닥 밑에서 허리 구부린 채 신음처럼
흘러나오는 숫자들
- 맹목 향해 튀어나오는 숫자들
-나를 갈아치우려는 조용한 방망이질 같기도 하고

- 흡사 내 도피처에서 살던 불우한 운명들이 나를
마구 때리고 싶다는 것 (아니었겠나).

그림자들 실체 없어도 없다고 할 수 없는 것처럼
생사生死가 (사람 잡는 그 생사가)… 그렇다는 말,
불편하기는 해도 불편함 드러내기가 좀 불편하다는, 그런,

그러나 오랜 병치레 끝에…점차 회복기에 접어든 양
발끝에서 온기 느껴져 왔다. - (불현듯 어떤 감사의 마음에서
순수해진 감각을 되찾은 기분

선천적으로 주어진 이 감각들… 내 기쁨의 원천 생각하면
(이 목석木石에서) 미소 절로 흘러나온다.

몸이 내던 신음소리들, 실은 다 거짓이 아니었던가.

반대쪽 하늘에 남은 구름 잔해들, - 패잔의 아픔 상기시키는
저 형상들, 늘 감상처럼 무엇을 시름시름 앓고 있는가.

: 하지만 그 처연함, 그윽이 반사를 시키고 있음은
임종을 앞둔, 저쪽에서의 빛이 찾아와
삼삼히 두루 비추어준 때문이리라.

; 고요 속에 가라앉은 산들, 낮게 엎드린 숲,
저 멀리 길게. 아늑하게 뻗어있는 길, 그리고
저기 허명虛名처럼 뻗대고 있는 도심의 잿빛 건물들,
- 필경 저것들은 다 어떻게 될 것인가.

해가 저물어가면서
내 심장은 서서히 일어나기 시작했다.

: 보는 것, 보이는 것, 없어져 감에
허공 가운데
제 절로 익어져 가는 심장 하나 있었다.

　　(그 심장이 말하는 듯했다)

설익은 사랑들 죄다 불러
이 거대한 침묵 속에 침몰시키리라.

모두는 아늑해져 가는 이 기운 속에
침전물이 되게 함으로써,

일체가 하나 됨의
깊은 맛에 한껏 취하게 하리라.

과거와 미래를 지낸
그 붉은 심장, 내가 마신 한잔 술의 기운에
홀려있는 듯도 하다.

: 그것은 저녁 안개가 되어, 여기저기 사물들 곁을
부드럽게 스쳐 지나가면서; 더듬더듬, 사유의 담장들도
넘어가고 있었다.

　(중얼거리는 소리였다)

나, 비록 꿈속의 존재일지언정

지금보다 나은 것은 없다고

지금보다 나은 것은 얻기 힘들 것이라고

각자는 이미 다 성취된 거나 다름없다고…

＊

황혼에 깊이 물들어가는 강물,
내장이 텅텅 비워진 갈대들,

- 나, 병든 영혼들에게 묻고 있었다.
어찌 병 든 일 있었느냐고…

검게 물들어가고 있는 산들
점차 하나가 되어가고 있었다.

침묵의 고혹蠱惑 느끼게 하는 무명의
그 산들 배경으로

　　아주 은밀히 전해져왔다.

하나가 소리도 없이 부서져
수도 없이 나누어져 부르는 노래,

눈이 되어
땅의 모든 것 덮어버리고 있는…

그리고 직감되어졌다.
우리 기억의 모든 흐름, 부드럽게 하는
비결들, 도처에 숨어있다는 느낌…

눈길 닿는 곳마다
나를 유혹하는 것들 가득해

(미세하게) 날 흔들곤 했지만

바로 예감 들었다. 기억의 저 끝에서,
사물들 이미 내게서 상실되어지고 있었다.

; 하지만 어떤 사랑은 오래 묵은 뒤라야
비로소 지난 눈물을 아름답게 빛나게도 한다는 사실,
(인지되고는 있었다)

그리고 (약간의 비참 무릎 쓰고) 당장에 주어진 상실,
성실히 견디어낸다면 - 상실의 끝에서 솟아나는
샘물 마시게 되어

　　비상한 힘 얻을 수 있다는 것

마치 허무의 시를 쓰는 가운데, 허무가 잊히게 되는 힘,
스스로 얻어지게 되는 것처럼
- 지구의 자기장 안에 널려있는 힘,
다시 새롭게 발견하게 되었다는, 그런 기분…

묵묵히…

그러나 차 한 잔 마시더라도,

쉬운 일 하나도 없었다(고 고백해야 옳겠다)

　　묵묵히…

내 관절들 (내 무관심에도 불구하고)
꿋꿋이 날 지켜왔음이 새삼 놀라웠다. -

: 무지의 관절들, 비지땀 흘렸던 근육들,
봉사란 뜻, 알 리 없겠지만 충직하게
이 자에게 봉사를 해온 셈인, 이것들

　　- 다 이 무심無心이 퍼다 준 것,

그러나 뜻도 모르고 밤낮으로, 나와 함께
괜한 시비에 휩말렸다.

- 피로도 잊은 채 내 속에서 잠자고 있던
순종의 미덕, 중용의 미덕, 인내의 미덕…
오로지 하나의 생명만을 오로지하여
지켜내느라… (그것들 참으로 무지했지,
참으로 단순하기 짝이 없었지. 건달 같은 뇌,

그러나 이런 것의 뒷받침 없었다면

나, 가난해져서
아마 진즉에 미쳐버렸을 것이다.

있는 그대로 뻔뻔하게 지낸 생,
그래도, 그런대로,
다 이것들의 덕택으로

그러나 반쯤은 어두운 이곳에서
몸 떠날 생각 하고 있으니… 하늘 아래
나, 너무도 멀리 있다.

구, 구만리, 나, 아직도 멀었다.

(멀리서 다시 날 바라보니
흰 밀가루 뒤집어쓴 채 두 눈만 말똥말똥,
어느 이상한 연극 속, 나도 알지 못하는
인간 배역 맡고 있었다. -

땅속 깊이 잠자던 나무뿌리들 깨어나
황혼 깊숙이 뿌리내리고 있었다.

; 도저히 이 눈으로는, 이 촉觸으로는 측량이
불가능한 광포狂暴한 사랑

그러나

나, 약간은 느낄 수 있었다; 이 빛, 부드러운 멜로디로
나를 한정도 없이 퍼내고 있다는 것

; 해탈도, 정진도 아니라
향상向上의 내 마음이 무無도 아닌 무無를 향해
퍼내고 있다는 것

딴은 온전히 사물 그 자체로, 남고 싶다는 마음의 발로에서

; 하지만 그런 순수 의지, 생각 들 때면… 안개 일 듯 따라오는
먼 아픔도 있었지 : (솔직히 말해) 아무 생각도 없이
다른 이의 생에 들어가 숨어 지내야 했던 어쩔 수 없음,
순순히 인정해야만 했기에

우묵하게 파인 저 아래서 묵언 정진하는
사물들이 보였다.
- (우연히) 보기에 좋았다.

; 자연이 전하는 말에 귀 기울이는 경건한 그 모습,
생전에 스스로 녹아지기를 바라는 그 간절한 마음이

보이지 않아도 사물마다 분명
제 앞을 가로막고 있는 관문들 있었던 때문이리라.

그 관문들을 끊임없이
침묵으로 두드리고 있는 사물들

(고비마다 갸륵한 뜻 품고 있었으나 유리 천장天障 아래
닫혀있다는 절박함도 함께 우러나고 있었다.

: 그것들, 무덤이 부르는 소리 한사코 외면키 힘들었으리라.

나, 다시 마지막 빛들의 세례 받고 있는

옛날의 그 풀잎들을 묵연히 지켜나 보고 있었다.

　　모든 이야기 끝내고

눈부시게 빛나고 싶어 하는 풀잎들

자신에게서 멀어져가는 것,

일절 부르는 일 없이

다만 무릎 꿇은 채

조용히 울고만 싶어 하는 풀잎들,

(그러나 비참은 비참이 아니라서 비참이라 하지 않았던가)

나, 세계의 비참 뒤로 하고 풀잎들에게,

없는 부슬비 내리고나 있는 중이었다.

팔만사천, 십만팔천, 몇억, 몇조, 몇백조…

숫자로 돌아가는 것에 나, 눈곱만큼도 없었다.

(허무도 허무가 아니라서 허무라 부른 것이리라)

거울 속에서

나, 사랑처럼 부슬비나 하염없이 내리고 있다.

: 오래전부터 빛나고 싶어 했던 외로움 하나,

나, 그 때문에 너무도 많은 희생들 치렀다.

바람, 안개, 노을, 연기, 음식, 노래 등

너무도 많은 희생들 치렀다.

제2부

시작노트

| 시작 노트 1 |

거울은 옛 사람들이 우리의 마음이나 무심을 두고, 곧잘 비유를
했던 상징도 아닌 상징의 하나였다. 이 「거울 속에서」라는 제하
에 긴 시를 쓰게 된 배경은 아마 우연치 않게 중국 양나라 시절
의 지공誌公(寶誌)화상의 대승찬大乘贊에 나오는 구절을 읽고 깊이
새긴 연유도 있겠다. 여기 화상이 남겨놓은 열개의 찬贊 가운데,
거울을 비유로 쓴 두 번째 찬 일부를 소개해 본다.

> 허망한 몸이 거울 앞에서 그림자를 비추니
>
> 그림자와 허망한 몸이 다르지 않네.
>
> 그림자는 없애고 몸만 남겨 두려고 하면
>
> 몸의 근본이 똑같이 허망함을 모르는 것일세.
>
> 몸의 근본과 그림자가 다르지 않으니
>
> 하나는 있고 하나는 없앨 수 없네.
>
> 하나만을 남기고 하나를 버리려 하면
>
> 영원히 진리와는 어긋나는 것인데
>
> 더구나 거룩함을 좋아하고 범속함을 싫어하면
>
> 생사의 바다 속에 떴다 가라앉았다 하리라.
>
> 번뇌는 마음으로 인해 있기 때문이니

마음이 없다면 번뇌가 어디 있으랴.

수고롭게 분별로 모습을 취하지 않으면

자연히 잠깐 사이에 도를 얻으리라.

꿈꿀 때 꿈에서는 조작하지만

깬 뒤의 경계는 도무지 없어라.(後略)

어느 때 나는 몸이 비어있음을 체감했다. 몸의 안과 밖은 인연에 의해, 연기에 의해 끊임없이 움직이며 돌아가고 있음이나 이것은 현상계가 곧 무상無常, 고苦, 무아無我, 이며, 무아이기에 공空이고, 공도 공하기에 적멸寂滅임을 말한다.

몸의 비어있음에 대한 자각은 인과의 논리를 벗어나 진리의 단면을 엿보게 하는 중요한 계기가 되었다. 불가佛家에서 중요시 여기는 사념처四念處 수행이란 것도 종국엔 몸의 허망함 내지 비어있음을 체득하게 하려는 방도에서 제시된 것이 아닌가. 〈진리〉를 체득시키기 위한 수행의 하나였던 것이다.

거울 앞에서 몸을 비춰보고 그림자와 실제의 몸을 똑같이 취급한 지공 화상의 찬에 공감을 하게 된 것은 몸의 비어있음을 체득한 경계를 거울로 비유를 함이 참으로 절묘하다는 생각이 들어서였다.

만약 몸을 실체로 간주하고 거울에 비친 그림자를 단지 제 형상을 닮은, 허상으로만 본다면 - 다른 말로 비유해서 몸과 영혼은 따로 있는 거고 영혼을 마치 그림자처럼 취급하게 된다면 우리는 영원히 삶의 이원성에서 벗어나지 못하고 만다.

생사의 바다에서 떴다 가라앉았다 함이란 삶에 대한 애착이나 죽음에 대한 두려움을 안고 사는 일은 물론 성聖과 속俗, 선과 악, 사랑과 증오라는 이분의 구도에서 벗어나지 못한 채 삼계에서 영원히 헤매는 꼴로 남게 된다는 말을 뜻할 것이다.

이분의 구도란 분별망상에서 벗어나지 못한다는 말과 다르지 않는 말이다. 분별이란 몸이 있다는 착각에서 나온 유각유관有覺有觀, 즉 나름의 관점을 갖고 사물을 본다는 말을 뜻하기도 한다.

실제 몸(또는 오온五蘊)과 거울 속의 그림자가 둘이 하나라는 것은 둘 다 서로 의존하는 관계이고 둘 다 자성이 없기는 마찬가지인 까닭, 한 마디로 불이不二관계인 것이다. 사실 우리가 어떤 실체, 어떤 사물이라고 부르는 것도 실은 우리의 이 의식이라는 환幻에 투영이 되어 산출된 결과인 것이다. 그러므로 이 환과 사물은 둘이 아닌 것이 되는 셈이다. 우리는 이 의식된 형상에 각종 이름을 붙여 각기 사물은 사물로서의 고유의 어떤 성질 내지 성분이 있다고 여기고 있다.

통상 우리의 육안을 통해 존재하는 사물은 당연히 실재하는 것으로 간주된다. 그러나 엄격한 의미에서 보면 - 곧 주관적 심성론의 입장에서 보면 사물은 거기에 있는 것이 아니라 동시에 밖과 안에 존재하는 것이라고 봄이 타당할 것이다. 요컨대 사물은 실재하는 것이 아니라 우리 의식을 통해 단지 있는 것처럼 보인다고 말해야 옳겠다.

사물 자체에는 사물 고유의 자성自性이 없기에 일체 사물을 공상空相으로 관해야 한다는 말은 지극히 합당한 말로 들려온다.

사물은 현상계에서 실제로 있으나 이것이 무상이고 무아인 것을 알면 사물은 실재한다고 말하기 어렵다. 그러나 사물이 우리의 마음에 비쳐지는 바(또는 거울에 비쳐지는 바), 그 모습과 실제가 똑같이 허망하다고 해서 실제가 있음을 완전히 부정해서도 안된다. 또 실제가 허상이라 하여, 실제가 완전히 없다고 단언해서도 안된다. 굳이 중도中道라는 말을 덧붙일 필요도 없겠다. 이런 양극단의 사유는 에고의 미세한 집착 내지 우리의 일상적 사유의 습관에서 비롯된 관념적 편향성으로 말미암아 생긴 현상으로 볼 수 있다.

아무튼 '있다/없다'에 집착하지 않고 주관을 배제한 절대적 공관空觀으로 즉, 사물은 사물 그 자체로 있음을 인식해야 정견正見에 다다른다는 말로 표현할 밖에 없다. 그러니까 사물은 나/나의 주관으로 말미암아 '있는 것처럼 보인다.'는 게 공관의 요약이다. 물론 공관이란 선정 체험이 없이는 몹시 이해하기가 어려운 말이기도 하다. 하지만 지공화상의 찬, "하나만을 남기고 하나를 버리려 하면 영원히 진리와는 어긋나는 것"이 되리라는 말은 명제로서도 참이다.

| 시작 노트 2 |

긴 시를 써놓고 뒤돌아서니 뭘 지껄여놨는지 가물가물하기만
하다.

　말 그대로, 거울 속에 비친 자화상을 의식적으로 연상하면서
'나'의 자유를 생각 닿는 대로 펼치려했다: 누구든 거울 속 자화
상을 들여다보며 이와 유사한 몽상에 한번쯤 젖어 본적이 있지
않던가. - 이 형상에 대한 의뭉스러움, 존재/근원/신에 대한 궁
금함, 자연/자연 현상에 감응을 하면서도 이에 대한 경외나 불
가사의한 마음을 지녔던 일, 그리고 뜬금없이 몸의 의미를 묻든
가 제 죽음의 문제를 바로 앞에 두고 '멍청하게' 궁구하던 일 등
등.

　이런 것은 평소에 (알게 모르게) 의식되어지곤 했으나 말로 들
어내기가 괜찮지 않은, 어디까지나 주관 영역에 속하는 관심사
다. 또한 대부분 비의식非意識/무의식에서 부지런히 작동되었던
심사이기도 하다. 내 마음 속에서 부유하던 그런 사념들, 꿈같은
사유들, 비몽사몽의 많은 풍경들, - 곧 나름의 〈현상학〉을 기술
내지 노래하려 했다.

시를 쓰며 물질을 하는 기분과 비슷했다고나 할까. 내가 물속에

잠겼다가 물 밖으로 나오는 일을 반복하는, 그러다 내가 서서히 지쳐갈 무렵, 시가 그렇게 마무리되어졌던 것 같다. 거울 속에 들어갔다가 나와 보고 다시 거울 속으로 들어가는 내면의 풍경은 일견 두서가 없는 것으로 보일는지 모르겠다.

알다시피, 거울에는 만사를 비춤illumination and introspection 이라는 공능功能이 있다. 거울의 비유는 우리의 본래 마음이 그러하다는 것. 그러나 만사를 두루 비추어 본다는 것은 –우리 내면의 마음을, 세계의 실상을 낱낱이 비추어본다는 것諦觀. 그러나 말이 그렇지 (말은 알아듣기 쉽지만) 실상 매우 어려운 일임을 실감하고 있다. 일절 편견 없이 만상을 비추어 두루 아는 것. 이렇게 두루, (지혜로 빠짐없이 앎에는) 멀리서 보이지 않는 사랑과 자비의 빛이 스스로 찾아와 작용하지 않는다면 불가능에 가까운 일 아닌가,

  불교에서는 이런 비춤 내지 지혜를 두고 반야바라밀의 수행을 다함없이 추궁해야 비로소 구족이 된다고 한다. 말할 것도 없이 '큰 나'의 성취는 끝없이 나를 부정해야만 하는, 그런 구도의 과정을 겪어야 눈을 좀 뜰 수 있게 되는 매우 지난至難한 일인 것이다.

나는 거울을 빗대어 '나'에 대한 화두를, '나'에 대한 몽상을, 생각이 닿는 대로 푸념으로 늘어놓을 밖에 없었다: 이런 모양의 시도, 시라 할 수 있는지 모르겠다. - 나만의 비포장도로를 혼자 걸

었다는 기분만이 드니까. '나'를 있는 그대로, 떠오르는 대로, 드러내게 하는 것도 하나의 비춤이라는 일단의 망상에서 비롯된 것이니까.

'나' 안에 있는 수많은 '나'를 불러내려 했다. '나'를 한껏 증폭시키기도 했다. '나'가 없는 것 같은 정황도 분명 '나'의 한 모습일 것이다. -본래 '나'란 것은 실체가 없기에, 그 모든 '나'가 가능한 것 아닌가. 몸으로서의 유한한, 가련한 '나'도 있지만, '나'를 품는 더 큰 '나'가 있다고도 능히 상정할 수 있겠다는 것이다. 작은 '나'와 큰 '나'가 따로 있는 게 아니어서 혼용 내지 혼융의 마음에서 여기저기에다 '나'를 불러들였다.

하느님/신은 "스스로 있는 자"라 했다. 시간에 상관치 않고 늘 현존하는 '실재'를 뜻하는 말일 테다. 궁극의 존재자, 만물의 바탕이며 최초의 원인이시며 창조 이전에도 스스로 있는 자: 가까운 뜻으로 표현하자면 우리가 에고Ego라는 껍질에서 온전히 벗어나게 될 때 하느님 혹은 '법신'은 (우리의 원천을 생각하면, 하느님은 '법신'이란 말로 등치될 수 있겠다는 생각에서) 우리의 내면에서 그리고 영원한 생명의 실재로 스스로 현전現前이 된다는 그런 말이기도 할 것이다.

물론 우리는 에고로서의 '나'가 있음을 빤히 잘 알고 있다. 한 생명의 개체로서 '나'가 있음을 결코 부인/부정할 수 없는 노릇이다. 하지만 형상이나 에고에 고착/집착을 하는 삶에서는 '스스로 있는 자'가 무엇을 의미하는지 헤아리기조차 힘들 것이다. 에고의 있음만이 사실로 믿어져왔을 터고 대부분의 사람들은 지금도 여전히 그런 틀 안에서 벗어나지 못하는 삶만을 영위하고 있으니까. – 이것이 소위 '현실이고 상식'으로 간주되고 있으니까.

그러나 에고에 대한 그 모든 집착으로부터 벗어나는 길만이 진정 자유에 이르는 길이 되리라. 진정 자유에 이르는 길이 바로 진정 행복에 이르는 길이 될 것이고… 하지만 누구든 그런 자유와 행복의 도정에 있다고 말해야 옳겠다. 이런 도정에서 앞뒤로 오가는 일이 다반사로 일어나긴 해도.

짧지만은 않은 이번의 내 생, 역시 많은 실수/실패와 부끄러웠던 일로 점철되었다. 돌이켜보면, 나는 아무 것도 아니었다. 스스로를 알지 못하는 저 완강했던 내 에고에 대한 참회/용서/수용의 마음이 없었다면… 실로 나는 아무 것도 아닌 단순한 사물에 불과했을 것이다.

빛을 돌이켜 나를 비춰보게 하는 회광반조回光返照의 공능이 있는 그 '거울'이 있지 않고서야 거칠고 험한 내 도정을 어찌 약간이라도 밝힐 수 있었겠는가.

여전히 한 생각 삐끗 어긋나면 온갖 번뇌가 한도 없이 일어나 하늘 가득 덮는다.

(내게 묻는다.) 따로 할 일이 있는가… 미세먼지 가득하여 하늘 뿌연 봄날에도 여기저기서 온갖 꽃들은 어김없이 피어나 웃고 있는데… 그리고 일체는 다 이 마음이 짓는 거라는 생각만이 절실하게 드는 요즘이다.

요즘 세상에 환생(幻生)이란 걸 믿는 사람들이 있을까. 환생(幻生 ·
還生)의 문제는 어려서부터 궁금증을 자아내게 했던 내 주요 의
식 주제 가운데 하나였다. 청소년 시절에도 환생의 문제는 가슴
속에서 종종 맴돌기도 했다. 촉이 예민했던 시절, 죽음에 대한
불안 심리가 한동안 동요를 일으켜서일 것이다.

  만일 환생(還生)이 실재하는 것이라 믿어왔다면 (누구든) 이 생에
서 함부로 못된 짓/못난 짓을 해서는 안 되리라, 다짐하게 되는
계기를 마련도 해줬으리라. 소위 '바른 생활'(正業·正勤)을 해서 나
중에 좋은 과보를 얻어야겠다는 희망도 갖도록. 그러나 지난 내
행업을 돌아보면 나는 환생을 믿지 않았다고 봐야 할 것 같다.

내 사유의 천박성에는 물질주의 사관에 기초한 과학 맹신주의
영향도 크게 작용했을 것이다. 현대의 교육은 환생(幻生)이란 개
념은 물론 환생(還生)에 대한 앎도 우리 의식에서 자연스레 지워
질 것을 강요했던 것이니까. (환생(還生)이란, '신화적 성분'이 강하게
배어있는 하나의 미신으로 곧잘 간주되지 않았던가.) 그러나 환생
에 대한 직접체험을 하지 못한 것이 환생을 부정하게 된 주된 배
경/동인일 것이다. 허나 이후에도 나는 이 문제에 줄곧 관심을

가져왔다. 지금까지도 환생을 거론한 문헌이나 책자를 적잖게 보고 있던 터였다, 그러나 비록 환생에 대한 식견이 좀 있다 해도 관념적 수준에나 머무르고 있다.

나는 어느 누가, 환생에 대한 '믿음'을 가지고 있다 하더라도 - (달라이 라마처럼) 제가 환생이 된 존재임을 스스로 알아내거나 혹은 갖가지 주술이나 전생요법 등으로 자신의 전생에 대해 얼마간 알아냈다 하더라도 - '환생의 현실'을 똑 부러지게 말하기란 결코 쉬운 일이 아니라는 생각을 갖고 있다. 왜냐면, 환생이란 말에는 말 그대로 생이 환幻임을 뜻하는 함의가 있지 않은가. 환생還生이란 말도 마찬가지 입장이다. 한 생을 마치고 (우주의 이법에 따라) 다른 생을 받는다 해도 그것은 한 육체가 다른 육체로 (육안으로 확연히 입증되듯) 전이가 되는 일은 아닌 일이기에. 다시 말해 (객관적) 입증에 대한 구체성의 결여로… 결국 주관적 실상인 것으로 설명할 밖에 없다는 사실이어서 그렇다는 것이다.

생이 환이라 불리어질 때 말할 것도 없이 그 환은 〈실재〉하는 것이 아니라는 뜻이다. 생이 실재하는 것이 아니라 환 그 자체라면 (이 말은 시공에 생이 홀로그램으로 존재한다는 말로 바꿔 말해도 다르지 않은 말이다.) 생은 매우 유동적인 상황으로 어쩌면 다른 시공으로의 환승 내지 치환이 가능할 수도 있겠다고 능히 상상되어진다. - 그렇다면 미래로부터 오는 사람도 있을 법 하지 않겠는가.

붓다의 말씀처럼 이 몸과 마음이 무상無常이고 무아無我인 것을
받아들인다면 - 분명, 이 생은 환幻이 아니고 다시 무엇이겠는가.
(물론 다른 종교 책자 속에도 환생관련 이야기가 심심치 않게 눈에
들어온다. - 이슬람 수피즘은 환생還生을 믿고 있다. 성경에도 두 세
군데 환생을 암시하는 구절이 있다.) 불교에서는 환생이나 윤회가
이 우주적 삶에서는 하나의 보편적 현상現象인 것으로 받아들여
지고 있다. 자연의 이법理法은 어디까지나 인과율에서 벗어나지
않는다는 앎이 전제돼서일 것이다: 물론 불교의 인과율 이해하기
란 그리 간단치 않은 일이다. 불교의 인과율은 단선적, 직선적
인과를 뜻함이 아니고 인과에는 매우 복합적인 요인들이 작용
하고 역순으로도 진행되기도 하니 여러 인因이 모여 과果를 이루
기도 하지만 과가 다시 인이 되는 순환 구조의 틀도 있다. 그러
므로 맥락상 (그리고 원리적으로) 환생還生이란 것의 가능성이 점
쳐진다. (신마저도 어쩌지 못하는) 이런 인과율이 어김없이 작동
되는 우주라면 - 그리고 〈완전한 생〉을 성취하지 못한 자라면 말
리지 못한 그의 업식業識이 - 흡사 우주의 마음에 때처럼 남을 거
란 생각이 들어 - (냉혹한) 인과율에 따라 (더구나 생이 환幻인 까
닭에) 환생還生이 가능하겠다는 생각에까지 이르는 것이다.

새로운 소식이다. 최근 미국의 〈내면의 평화재단〉에서 간행된
(미국 기독교계에서 공인된 책이기도 한) 『기적 수업』이란 책에서

(놀랍게도) 예수는 환생에 대한 언급을 하고 있다. 예수는 우리의 에고가 환幻임도 강조하며, 이 에고라는 것이 - 쉽게 말해 우리가 현실이라고 일컫는 것 전부가 - 실재하는 것이 아니라, 어디까지나 환幻이라고 누차 여러 비유를 통해 강조하고 있다. 예수는 이 에고라는 것을 '마음으로부터 온전히 지워버리게 될 때' 비로소 천국에 이를 수 있게 된다고 말한다.

불교 수행의 핵심은 오온개공五蘊蓋空임을 가슴으로 확철하게 깨달아야 한다는 것이 주안점이다. 오온이 공하다는 깨달음이 전제돼야 비로소 모든 고통에서 벗어날 수 있기 때문이다. - 오온이란 통상 우리가 흔히 말하는 자아를 말한다: 말할 나위도 없는 일이지만 이때 부르는 자아라는 것에는 자기가 받아들이고 있는 세계, 일체 경계를 짓는 그 모든 것을 다 포괄함이다. 육근과 육경, 육식을 통해 형성되어진 것, 일체가 다 에고(자아)라는 것을 뜻한다.

　오온(色, 受, 想, 行, 識)이란 바로 우리의 몸色과 정신 활동(감각-受, 생각-想, 의지에서 나온 행동-行, 헤아려 앎-識)을 다 아우르는 말이다. 이 전체를 일컬어 (서양식 표현을 하자면) 에고Ego라 한다. 여기서 우리는 소문자 표기의 에고ego와 대문자 표기의 에고를 반드시 구분해 이해할 필요가 있다. 소문자 에고는 흔히 '현실'에서 작용하는, 헤아리는 마음 정도로서만 이해되어져왔다. - 프로이트가 인간 의식 구조를 이드id(본능적 욕망이 작동하는 원초적 자아), 에고, 슈퍼에고superego(초자아)로 구분 지었을 때 쓴 말. 이때 쓴 에고는 불교에서 말하는 오온의 뜻이 들어간 대문자 에고가 아니라 소문자 에고를 뜻한다. 흔히 대문자 에고Ego에는 인간 존재를 건립하게 한 다섯 가지 전체(오온)를 다 포괄하고 있다는 의미가 있다. (일부 전문가들도 소문자 표기의 에고ego와 대문자 표기의 에고Ego에 대한 구분 개념이 명확치 못해 혼용해서 쓰는 경우를 자주 보아 와서다. 노파심에 부연 설명을 해봤다)

인간에게는 오온이란 게 붙어있음이 〈확실하다〉. 불이 나무를 태우고 있는지, 나무가 불을 생성하고 있는지, 따질 필요도 없듯이 (하나의 존재/생명현상을 드러내려면 서로가 의존하며 서로가 구분 의식을 가지지 않고 작용되는 것처럼) 우리의 이 오온은 생명이 지속되고 있는 동안 그 작용이 멈추지 않고 (구분 의식 없이 서로 하나가 되어) 내가 〈있음〉을, 혹은 〈내〉가 있음을, 확인 시켜주는, 그리고 그런 계기를 마련해주는 것(덩어리, 蘊)이라 볼 수 있다. 물론 오온의 인간이 있음에 우리는 〈세계〉라는 것을 성립시키게 됨도 가능하게 된 것이다. (이토록 확실한 오온/에고/자아/세계인 것인데) 붓다는 이것이 비어있음을 관觀하라고 했다. 예수는 그 에고를 지우는 일을 게을리해선 안된다고 우리에게 간절히 요청도 하고 있다. 말할 것도 없이 오온이 있음에 대한 집착으로 인해 모든 번뇌가 일어나기 때문이다.

이 에고가 허상이고 환임을 깨닫는 것, 이게 삶의 목적이라면 목적이라고 볼 수도 있다. 온갖 번뇌로부터 해방이 될 수 있다면,

그 외에 이 생에서 다른 목적이 뭣 필요하겠는가. 붓다는 중생은 이 에고에 대한 집착으로 말미암아 육도 윤회를 한다고 했다. 나는 젊은 날 이런 구절을 설화처럼만 여겼다. 그러나 생이 환幻임을 갈수록 체감하는 요즘 환생還生이나 윤회에 대해 다시 여러 방향에서 검토도 하고 그것의 실상을 관觀하는 자세를 갖게 됐다.

우연히, 요즘 나는 버지니아 울프의 소설 『올랜도』를 읽다 - 주인공 올랜도가 무려 삼백년을 살며 다른 인물로 환생이 되어 나오는 이야기를 보게 되었다. 이 시작품을 씀에 그 영향을 직접 받은 것은 아니지만 울프의 환생 관련 모티프 내지 상상력에 공감하는 바가 적지 않았다. - 환생을 한다 해도 여전히 인간 에고의 되풀이 되는 게임 - 이 긴 시에도 반영이 된 내용이지만 (아마 울프는 이런 것에 '지쳐' 어느 때 편히 자살이라는 '영원한 휴식'을 택했는지 모르겠다.)

이 생이, 꿈만 같다는 생각이 자주 든다. 모든 것으로부터 점점 멀어짐이 외려 편하게만 느껴지는 나날이다: 그러나 (속으로, 은근히) 존재에 대한 내 미진함이 다 사라질 때까지 - '나'를 소모시키는 일에 다함이 없도록, 그리고 (그리 힘든 일 아니어서) 나름 정진을 꾸준히 해나가야 한다는 생각을 마음 한 구석에 갖고 있다… 지향하는 바 있다면 명사나 형용사를 잊은 채 (가급적 명사나 형용사에 대한 '집착'을 내려놓은 상태) 동사의 변형만으로 가능한 생 - 말하자면, 평상심平常心으로 살아가는 일에 궁구를 한다는 것.(문득 키스 해링 Keith Haring의 그림, 얼굴 표정에 대해선 묘사가 없고, 장난인지 놀이인지 분간키 어려운 〈동작〉만이 강조되는 인간 모습 - 낙서 같은 그림- 이 연상된다)

| 시작 노트 4 |

의사로서 매일 바쁜 일과를 치러야 하는 생활이다. 한 해 동안 연작의 긴 시를 쓰는 일로 내내 쫓기는 심정이었다. 그러나 솔직히 말해 좀 허망하다는 생각도 들었다. 쓰는 동안에 무얼 어떻게 썼는지 잘 기억이 나지 않았던 것이고… 그저 토막 난 시상들을 층층이 쌓은 일종의 사상누각을 만들지 않았나 하는 생각도 들어서였다. 어찌 보면, 몸에서 반향처럼 들려왔던 것들을 엉성하게 좀 산만하게 긁어냈다는 게 내 소회다. 아마 무無의 리듬을 타고 있다는 기분 갖고 내 상상을 투사해낸(문자로 쏟아낸) 것쯤에 불과한 것이라고 봐야만 될 것 같다.

다시 내게 자문해봤다. 대체 왜, 시를 쓰는 것이냐고: 이것은 물론 젊어서부터 이따금 자문했던 물음이기도 하다. 시작 초기엔 대략 속이 허해서, 멋진 시어 같은 것으로 나를 장식하려는 욕망이 커서, 자존감을 높이기 위해서, 등등일 것이었다. 물론 유명 시인/작가들의 작품들을 접하면서 일종의 자기실현에 대한 욕망도 강하게 작용했을 터다.

그러나 이 자기실현이나 자존감 따위를 높이려는 마음에서 비롯된 시작이라는 것은 결국 나르시시즘(자아도취)의 한 변형에 불과하다는 것을 나는 뒤늦게 깨닫게 되었다. 오랜 시간이 지난 뒤였다.

나르시시즘이란 무엇인가. 이것은 다른 말로 '고정된 나'가 있다는 집착의 다른 표현이기도 하다. 쉽게 말해 마음속에 '나'라는 경계를 (확고하게) 설정해놓고 지내는 경우가 바로 나르시시즘인 것이다. 흔히 아집我執이 강하다고 보이는 사람인 경우다. 그가 내세우는 제반 언동, 문제가 되는 지나친 자기 주관성, 융통성이 없는 견해 등으로, 그 '경계'가 확고한 자는 (정신분석학적으로) 제 나르시시즘에서 벗어나지 못하고 있는 거라고 추론하고 있다.

　말할 것도 없이 사람은 누구나 세상/타인/사물과 상호작용을 하며 살도록 운명 지어져 있다. 어려서부터 사람은 사회적 상호작용을 하기에 이를 통해 '나'라는 개념도 자연스럽게 형성되어진다. 문제는 이 나르시시즘이 적절히 해소가 되지 못한 채 곧 인간적 성숙을 통해 그 에너지를 승화시키지 못하게 된다면 자타가 매우 피곤해지고 만다는 사실이다. 자기는 고정이라도 된 듯 자신은 변할 줄을 모르고 그 모든 괴로움의 원인을 남/주위/환경 탓으로만 돌리려는 경향이 농후해지기 때문에 결과적으로 자신과 남 양쪽을 무척 피곤하게 한다는 소리다.

한 개인의 나르시시즘은 한 국가에 광풍을 일으키기도 한다. 가령 히틀러, 김일성, 모택동 같은 인물들은 바로 나르시시즘의

'대가들'이다. 이들은 결국 자신의 자아도취를 공고하게 하기 위해 권력을 틀어잡고선 국민 일반에게 민족, 애국, 평등, 평화의 이름을 빌려 그럴듯한 이념으로 (바로 자신의 나르시시즘의 환상으로) 세뇌를 시키지 않았던가. 독재자, 파시스트들이 국민들에게 자신의 악성 나르시시즘을 확산 내지 오염시켰다고 봄에 이의를 달 사람은 없을 것이다.

내 몸이 살아있는 한, 내 몸은 항상 분명히 존재하고 나는 유일한 나로서 유일한 마음을 지니고 있다는 생각은 대부분의 사람들이 상식적으로 받아들이고 있는 '보통의 앎'일 수도 있다. 그러나 보다 엄밀히 따져보건대 '나'가 있다는 확고한 의지에서 나온 것들, 다시 말해 내 몸과 마음이 실재한다는 측면에서 나온 것들(그게 어떤 식의 기호라 불리든, 어떤 식으로 그 기의를 해석하든), 그러니까 나로부터 나온 일련의 사유, 느낌, 감정, 인식 등을 놓고 그것이 내 '고유의 소유'로 간주하게 된다면 그런 건 다 나르시시즘의 후과 내지 여파라 볼 수밖에 없다는 의견이다.

인간은 본래 이런 나르시시즘을 지닌 채 살도록 배양되어져 왔다. 진화적 측면에서 그러니까 계통발생학적으로도 그러하지만 개체 발생적 측면에서도 그런 자아도취의 유전적 성분을 타성처럼 물려받고 지내져 왔다: 태어나면서부터 부모들은 다 제 자식을 가족이라는 울타리에서 '유일한' 자식으로 키우지 않았던가. 물론 성장해가면서 이른바 '사회생활'을 통해 우리는 본래의 나르시시즘에서 다소 벗어나거나 나르시시즘을 해소시켜 나가며 지내게 된다.

알다시피 소위 '객관화된 현실'이란 것에 그 에너지를 일부 흡수시켜나가거나 - 인정받는 행위 등을 통해서, 타인과의 공감 등을 통해서, 내지 이타적이거나 타협을 하는 자세로, 나르시시즘의 그 내적인 폐쇄적 에너지를 조화롭게 해소시켜나가는 지혜를 터득도 하게 된다.

물론 많은 보통의 사람들은 적당히 이 나르시시즘을 조율하며 지냈던 것이다. 가령, 남을 의식하면서 자기의 에고이즘을 적당히, 교묘히 숨기면서 상황에 맞는 나름의 여러 방편들을 동원하여 활용하기에 그렇다는 것이다. 그러나 나르시시즘의 극단적 상황은 대인관계나 사회적응에의 실패로 이어질 밖에 없다. 명약관화한 사실이다.

시인/예술가라 해서 이 나르시시즘에서 벗어나는 삶이 결코 아닌 것이다. 오히려 자신에게 깊이 몰두해야만 하는 예술 일반이고 보면 작가는 이 나르시시즘 때문에 다른 사람보다 더 격렬하게 마음의 고통을 겪으며, 여기서 벗어나려 더욱더 몸부림치는 게 아닌가.

모든 예술은 태생적으로 이 나르시시즘을 모태로 시작된다고 봄에 별 무리가 없다는 해석이다. 이 나르시시즘을 치열하게 겪으며 이를 훌륭히 극복한 작품이라면 소위 '보편성'을 획득한 작품이라는 평가도 받게 될 것이다.

버지니아 울프는 '시인의 나르시시즘'에 대해 꽤 괜찮은 묘사를 한 적이 있다. 물론 시인들이 다 그렇다는 것은 아닐 것이다. 울프는 나르시시즘의 현상에 대해 그 단면을 소설 『올랜도』에서 주인공 이름을 빌려 이렇게 말한다.

"그가 작품을 완성했을 때처럼 자극적이고, 유쾌하고, 영광된 것이 있을까… 지성은 멋지고 아주 존경스러운 것이긴 하나, 세상에도 보기 흉한 송장 같은 몸뚱이에 들어앉아, 통탄스럽게도 다른 능력들을 먹어치우는 버릇이 있어, 지성이 가장 덩치로 자란 곳에서는 마음도, 감각도, 아량도, 자비도, 인내도, 친절도 그 밖의 모든 것들이 질식 직전에 몰리게 된다. 게다가 시인들은 자신을 높이 평가하며, 다른 사람들은 하찮게 본다. 그리하여 시인들은 항시 반목하고, 상처를 입히고, 시기하며, 재치 있는 말대꾸에 바쁘다. 그것도 달변으로 한다. 그리고 탐욕스럽게 공감을 요구한다."

시인의 나르시시즘에 대한 울프의 일면 묘사에 대해 상당 공감이 갔다. 말을 빌려, 제 〈존재〉를 감싸거나 감추려는 것. 스스로 지운 작품에는 한껏 아량을 베풀면서도 남에게는 아량도, 자비도, 인내도, 친절도 그 밖의 모든 것들을 질식 직전으로 몰게 하면서… 탐욕스럽게 공감을 요구하는 작가들… 꽤나 있을 법한 일 아닌가?

아마 작가 스스로가 이런 사태에 있음을 알아채지 못한다면,

그건 마치 지옥에서 지내는 일과 별반 다르지 않는 일이 될 것이다.

예술 활동은 그 목적이 무엇인가. 우리는 항상 '근원'으로 되돌아가 자기도취에서 벗어나는 노력을 게을리하지 않는다면 (물론 작가가 스스로 작품 활동에 몰두하면서 '발전'을 실감하는 것, 포함해서 말이다) 나름의 그 목적이란 것이 점차 선연히 드러나게 되는 것 아닌가 하는 생각을 품는다. - 물론 자기도취를 철저하게 몸과 마음으로 겪은 자라야 자기도취에서 온전히 벗어나는 지혜도 터득이 됨은 당연한 귀결…

나는 보살도란 것은 다른 말로 거친 차원에서의 이 나르시시즘을 미세한 차원에 이르기까지 극복하는 일이라고 나름 정의 내린다. 나르시시즘의 온전한 극복이 바로 아공我空이라 부를 수 있다. 아공을 누리는 가운데 법공法空(사물 자체도 자성 없음)도 자연스럽게 드러나게 될 것이다.

불가에서 일체는 마음이 지은 것이라는 말(一體唯心造)이 있다. - 나는 이 말이 오랫동안 나름의 내 화두였음을 고백하지 않을 수 없다. - 이 말의 본래 뜻을 알아채기까지 실로 많은 세월을 흘려보냈어야 했다: 아마 일체유심조란 말을 처음 듣는 사람은 언뜻 손쉽게 받아들일 수 있는 언구로 보였을 것이다. 나도 그랬으니까. 그러나 두고두고 이 언구, 쉽게 손에 잡히지가 않았다. 이 언구는 이따금씩 찾아와 내 마음 한가운데서 한동안 망령처럼 맴돌기도 했다; 어떻게 마음이 다 만든 것이냐. 세계는 내 죽음 뒤에도 세계라는 이름을 띤 채 변함없이 남게 될 것인데 어떻게 내가 만든 것일 수 있느냐.

혹자는 이 언구란 결국 마음 쓰기에 따라 사람이나 세상을 다르게 볼 여지는 얼마든 가능한 것이니까, 하는 식으로 나름 해석을 하기도 했을 것이다; 물론 그런 해석에 큰 잘못이 있다는 것은 아니다. 나르시시즘이 한껏 묻어있는 자의적인 해석도 (마음이 만든) 하나의 해석인 셈이니까.

젊은 날 우연히 만난 일체유심조란 언구는 하나의 형이상학적인 불확실한 의미체로 나를 넘어가고 다시 넘어갔다. 그러다 나르시시즘의 한계에 대한 앎/느낌이 구체적으로 실존적으로 다가왔던 계기를 맞게 되었다. - 사실 그 무렵은 '나'의 한계 내에서 '나'를 온전히 알아내기란 불가능한 일 아닌가, 하는 생각이 한참 들었던 시기이기도 했다.

'나'라는 것은 실상, 없는 일이었다. 그것은 말이 빚어낸 하나의 환상이기도 했다. '나'가 환幻인 셈이니 나의 투사체인 '세계'라는 것도 환幻인 것이라는 앎도 - 아직도 인간으로 태어난 업보로 인해 물려받은 구생업俱生業들 있어 약간의 출렁거림이 있긴 하지만 - 자동 생기했다: 그리고 일체가 만일 환인 것이라면 이 환을 만든 주체는 누구인가, 라는 의문도 따라왔다.

사실, 그 주체는 그 '누구'도 아닌 것이고… 3인칭인, 바로 마음 뿐이라고 말해야 타당하지 싶었다. 경험 이전의 앎이라 불러도 괜찮지 싶었다. 일체유심조가 비로소 나를 품기 시작하자 그 언구가 진리의 한 표현인 것으로 저절로 고개 끄덕여졌다.

그러나 그렇다고 해서 내가 통연히 존재에 대한 의문이 모두 한 꺼번에 사라진 건 아니었다.

곧장 뒤따라온 질문 하나. - 그렇다면, 너는 이 세계가 있음을 (현실적으로) 부정한다는 말이냐.

그러나 그것은 그렇지가 않았다. 이 '나'는 물론 이 '세계'는 그렇다고 해서 (한쪽의 측면에서만 보려 하는) 완전한 부정도 완전한 긍정도 할 수가 없는 '나'였고 '세계'였다는, 말하자면 선험적 추론이 가능해진 것이다. 왜냐면 '나'를 포함한 우리가 몸담고 있는 이 '세계'라는 것은 (시간적, 공간적 펼침이나 그 구성 하에) 나름의 치밀한 작용으로 다시 말해 물샐틈없는 인과의 법칙에 따라 촌음도 없이 전개되고 있다는 사실을 능히 받아들여야 했지만 이를 무시하는 논지는 공허한 논지가 될 수밖에 없을 거란 이치가 내게도 작용했기 때문이다.

그러나 그런 인과의 논지만이 마음을 지배하는 것은 결코 아니었다; 인과의 법칙에만 머물지 않는, 인과의 법칙에 매여 있지 않은 그 '마음'이 항상 현전하고도 있음이었기 때문이다 : 현상과 본질은 동전의 앞뒤처럼 양립해있는 거라는 비유가 적절하지 싶었다.

보는 자의 마음에 따라 세계를 하나로 보는 자도 있을 터고 철저히 이분법 구도(나와 너라는 구분의 철저한 의식, 내지 선악이나 미추, 옳고 그름의 판단을 엄격히 적용하는 등)에 따라 보기도 할 것이다. 그러나 세계를 하나로, 하나의 가설된 시설물로 보게 된다면 그렇게 〈보는 자〉는 - 그런 '마음'의 현전에 직면하여 - 일체는, 마음이 만든 것이라는 의미를 관통할 수 있게 되리라 본다.

5조 홍인弘忍대사가 6조 혜능대사에게 들려준 게송, 역시 그런 맥락을 압축시켜 노래한 것이다.

유정有情이 와서 씨를 뿌리면
땅을 인因하여 과果가 되돌아 나지만
무정無情은 이미 종자가 없으매
성품도 없고 또한 생겨남도 없네.